NEL REGNO DELLE CHIMERE

CORDELIA

Viveva molti secoli fa, in un paese lontano, un uomo saggio e virtuoso che si chiamava Eraldo. Negli anni giovanili avrebbe desiderato viaggiare per conoscere il mondo e gli uomini, ma rimasto vedovo con tre figliuoli dovette rinunziare alle sue aspirazioni per dedicarsi interamente alla famiglia.

Egli lavorava molto e procurava di fare delle economie per lasciare ad ognuno dei suoi figli un discreto patrimonio, desiderava che crescessero buoni ed operosi, e dava loro continuamente saggi ed utili consigli. Era molto preoccupato nel vederli crescere d'indole affatto diversa l'uno dall'altro, per quanto egli prodigasse a tutti le medesime cure. Accadeva come colle piante del suo giardino; per quanto spargesse il medesimo seme nell'istesso terreno, e lo coltivasse con amore, le piante non crescevano mai nell'identico modo, l'una dava più frutti, l'altra più ombra; l'una cresceva robusta e rigogliosa, mentre l'altra intisichiva debole e delicata.

Quando i ragazzi furono cresciuti si accorse che in una cosa sola andavano d'accordo, ed era nel prepotente desiderio di libertà e d'indipendenza. Li sorprendeva spesso con gli occhi levati al cielo, seguire con invidia gli uccelli che volavano liberi nello spazio infinito, oppure capiva che quando dovevano obbedire ai suoi voleri non sapevano nascondere un senso di ribellione che rivelavano nei movimenti e negli atti; tanto che un bel giorno egli decise di appagare il loro desiderio, cioè di lasciarli liberi e indipendenti, e nello stesso tempo di poter riacquistare la propria libertà.

Si chiamavano Fiorenzo, Fulgenzio e Mansueto; ed erano vicini ai vent'anni, quando il padre li chiamò a sè con aria solenne e disse:

— Io vi ho sempre amato ed educato con affetto, e posso vantarmi di aver avuto presente soltanto il vostro bene, però m'accorgo che siete impazienti di spezzare la catena che a me vi lega, e di essere liberi come gli uccelli del bosco; è inutile che me lo vogliate nascondere, io vi leggo in cuore come in un libro aperto, e preferisco la dura verità ad una pietosa menzogna.

Essi chinarono il capo arrossendo, ed egli continuò:

— Non c'è bisogno di vergognarsi e d'arrossire, i giovani sono impazienti e presuntuosi; alla vostra età, tutti la pensano come voi, salvo a pentirsene amaramente quando abbandonati a sè stessi si commettono errori irreparabili. In ogni modo io sono deciso di appagare il vostro desiderio e di lasciarvi liberi. Rammentatevi però che quando sarò partito, potrete gridare, e chiamarmi con tutte le forze, ma non mi vedrete più per molti anni. Alla vostra età avevo anch'io delle aspirazioni, che, per cagion vostra non potei soddisfare, ma sono ancora giovane e forte per farlo ora che siete giunti ad un'età da potervi dirigere senza di me. Il podere che a furia di lavoro e di economia sono andato ampliando e migliorando, è diviso, come potete esservene accorti, in tre parti uguali, con tre case, una per ognuno di voi, che potrete abitare ed adornare secondo il vostro gusto. Se avrete amore alle vostre terre, e le coltiverete con intelligenza, potrete vivere agiatamente; se rammenterete i miei consigli, potrete procurarvi la pace e la tranquillità; e se dimenticherete i miei avvertimenti sarà peggio per voi. Io me n'andrò lontano a girare il mondo per vedere se trovo un popolo felice, ed un uomo veramente sincero. Quando mi sentirò vecchio e stanco ritornerò da queste parti, e spero che almeno uno di voi sarà in grado d'accogliermi nella sua casa, perch'io possa finire in pace i miei ultimi giorni.

I giovani erano commossi, e lo assicurarono che al ritorno sarebbe accolto con festa da tutti loro, e che intanto approfitterebbero dei di lui saggi insegnamenti.

— Spero che così avverrà! — rispose Eraldo,— ma il tempo cancella anche i migliori propositi, e non è che nei cuori di diamante che rimane scolpita eternamente la memoria di chi ha guidato i nostri primi passi sul sentiero della vita.

Dopo aver abbracciato e benedetto i figliuoli, egli prese un gruzzolo di denari che aveva messo da parte, salì sul suo cavallo, e s'avviò lontano sulla strada maestra, finchè scomparve ai loro sguardi.

Essi, contenti come uccelletti usciti appena dal nido, andarono tosto a prender possesso delle loro case; le trovarono perfettamente in ordine, semplici e pulite, e nulla mancarvi di ciò che è necessario ad una modesta esistenza. Presso ad ogni casa, c'era una stalla con un bue, una mucca, un maiale ed un cavallo; alcune capre e pecore pascolavano sul prato: sull'aia una quantità di polli razzolava saltellante; il granaio era pieno di viveri, la cantina, di vino; ed essi, contenti d'essere padroni assoluti di tutta quella grazia di Dio, dettero sfogo in mille modi alla loro allegrezza, ed i sogni, tenuti compressi dalla presenza del padre, ricominciarono a danzare nel loro cervello, tanto che in quei primi momenti sembravano pazzi.

FIORENZO

Fiorenzo era un bel giovane,dalle forme scultorie, dai lineamenti del volto regolari e gli occhi grandi ed espressivi. Fin da bambino egli s'era sentito sorgere nell'anima un vero culto per la bellezza, e sua aspirazione costante fu di circondarsi delle cose più belle che esistevano sulla terra.

Il suo era un sogno, che non sapeva come avrebbe potuto realizzare, ma quel giorno in cui si trovò assoluto padrone di sé, incominciò a pensare a cose impossibili ed inverosimili, lasciando libero campo alla sua fantasia fervida e sfrenata; tanto che stanco e spossato, si sdraiò all'ombra d'una pianta e s'addormentò. Ad un certo punto gli parve d'esser trasportato in alto in alto, come se avesse le ali; finchè si trovò innanzi ad un globo di fuoco che gli abbagliò la vista: fece uno sforzo per vedere il luogo dove si trovava, ma non potendo sopportare quella luce intensa, dovette chiudere gli occhi; non però così velocemente da non accorgersi che una bella fanciulla gli era vicina e gli serviva da guida.

— Dove sono?— le chiese meravigliato.

— Nel regno del Sole, — rispose con voce dolce dolce la sua compagna, prendendolo per mano.

— Perché mi hai condotto in questo luogo se non posso veder nulla?

— Apri gli occhi adagio per abituarti alla luce sfolgorante, e vedrai cose che ti sorprenderanno, e che nessuno ha veduto mai.

Infatti appena potè sollevare le palpebre uno spettacolo meraviglioso si presentò al di lui sguardo. Sopra immensi scaglioni d'oro, disposti a semicerchio, scoperse una schiera di bellissime donne, come la sua fantasia non ne aveva mai immaginate, e tutte stavano intente ad un lavoro diverso.

Esse erano leggere e trasparenti come l'aria, con movenze così delicate, che pareva sfiorassero appena gli oggetti che toccavano con le candide mani. Fiorenzo interrogò con lo sguardo la fanciulla che gli serviva da guida.

— Sono le fate che presiedono ai destini del mondo, — ella rispose; se vuoi ne faremo in breve la conoscenza.

— È quello che desidero! — esclamò Fiorenzo.

— Lasciati dunque guidare da me, — soggiunse la fanciulla, e sì dicendo lo fece salire su uno scaglione d'oro, e s'avvicinò ad un gruppo di fate, che colle mani leggere riunivano diversi colori,che si combinavano e scomponevano ad ogni lor movimento, in tutte le sfumature più delicate, poi li porgevano alle loro vicine, le quali formavano dei petali morbidi e finalmente ad altre che li mutavano in una quantità di splendidi fiori.

— Vedi, — gli disse la sua guida, — sono le fate dei fiori, e sono incaricate di formarli, e spargerli sulla terra.

Fiorenzo si soffermò per vedere quello spettacolo, e non sapeva se ammirare più le fate che mandavano sorrisi dagli occhi, dalle labbra, da tutta la persona; o i fiori che uscivano come per incanto dalle loro mani, e si spargevano nel mondo. Intorno a loro c'era un tappeto di rose, di gigli, di viole; in alto una pioggia di gelsomini, d'azalee, di gardenie e di mughetti, e ovunque un profumo inebbriante, una festa per gli occhi, che faceva rimanere estatici.

— Andiamo, — disse la fanciulla, trascinando Fiorenzo. — Il tempo è breve, e la via è lunga. Ecco le fate degli uccelli, — soggiunse, dopo averlo condotto sopra un altro scaglione.

Fiorenzo si trovò innanzi ad una nuova schiera di fate, più ridenti e più irrequiete di quelle dei fiori, ma anch'esse molto operose ed affaccendate. Erano tutte intente a dipingere penne grandi e piccine a vari colori, poi componevano dei vispi uccelletti, che spargevano nell'aria, dopo avervi soffiato in gola assieme alla vita, delle note gaie, che si riunivano e si combinavano, formando soavi melodie.

Assieme allo stormo degli uccelli piccini, si vedeva di tratto in tratto volare un'aquila, un cigno, un pavone e le fate ridevano e cantavano con note gaie e squillanti, tutte le volte che un uccello più perfetto riusciva a spiccare il volo.

Accanto alle fate degli uccelli, trovarono quelle degli insetti, che lavoravano in silenzio, ma colla massima rapidità; erano affaccendate perchè nel mondo c'è bisogno di tanti insetti, che così piccini occupano poco spazio; e di tratto in tratto rapide come il baleno, unite agli scarabei dai riflessi cangianti,si vedevano schiere di farfalle colle ali variopinte e scintillanti, quasi fossero coperte di gemme, volare leggere leggere, scomparire e dileguarsi, seguendo la luce ed i fiori.

— Quanto è bello! — esclamò Fiorenzo che non si stancava mai di ammirare quello spettacolo.

— Il tempo stringe, —gli disse la compagna; — andiamo avanti.

E così, tenendosi per mano, proseguirono la loro via, salendo gli scaglioni d'oro.

Trovarono ancora belle fate dagli occhi soavi, ma non più così allegre come quelle che avevano lasciato indietro. Queste avevano i movimenti calmi, la faccia serena, e la bocca che si apriva soltanto ad un sorriso, ma così dolce, che invitava all'adorazione, e Fiorenzo provava quasi il bisogno di piegare le ginocchia come davanti ad essenze divine.

— Queste sono le fate dell'umanità — gli disse la fanciulla che gli serviva da guida.

Esse erano tanto assorte nel loro lavoro, che raramente alzavano gli occhi. Ognuna formava una parte del corpo umano, quindi si riunivano in cinque o sei, e componevano un essere completo; un bel bambino al quale soffiavano in bocca la vita, poi lo mettevano in una culla di piume,e l'affidavano ad un genietto alato per recarlo sulla terra. E via per l'aria volavano i genietti alati, carichi del loro dolce peso, e ritornavano a prender gli altri bimbi, che le fate fabbricavano sempre senza stancarsi mai. Più lungi c'erano le fate che spargevano nel mondo leoni dalla fulva criniera, cavalli svelti e leggeri, buoi, elefanti dall'andar lento e maestoso, cani, gatti, caprioli, e tutti gli altri animali che sono sparsi nel mondo; poi in un angolo silenzioso, ma illuminate da una luce trasparente, le fate dell'acqua dalle cui mani sgusciavano pesciolini a frotte, e uscivano perle e conchiglie.

Fiorenzo fissava lo sguardo attonito intorno a sé, e:

— Chi sono le fate laggiù nell'ombra, che sembrano più meste delle altre? — chiese alla compagna.

— Esse sono le fate del dolore; quelle più lontane radunano le lagrime dell'umanità, e ne formano i torrenti ed i ruscelli che scendono dai monti; le altre, più vicine a noi,riuniscono i sospiri degli uomini e ne formano i venti e le nubi. Non vedi come già le nubi ci avvolgono e ci sospingono? Noi pure dovremo con esse scendere a terra.

— Restiamo qui — supplicò Fiorenzo. — è così bello!

— Impossibile! Ecco già il vento ne spinge.

Non erano ancora pronunciate dalla fanciulla quelle parole che si sentirono tutti e due spinti da un soffio forte di vento, e trasportati da una nube, che aveva la forma d'un carro immenso, tirato da una schiera di cani barboni. E via vennero trascinati per lo spazio infinito, finché toccarono uno scoglio.

La nube si dileguò come per incanto, e Fiorenzo si svegliò di soprassalto, e con infinito dolore s'accorse, il suo non esser stato altro che un sogno.

Però dopo quel sogno egli sentì centuplicato il culto del bello, e a questo pensò di dedicare tutto sé stesso, anche se ciò dovesse costargli la vita.

Il suo primo pensiero fu di radunare intorno a sé i più bei fiori che sbocciavano sulla terra, tenendosi certo che gli uccelli e le farfalle verrebbero spontaneamente a fare i nidi sugli alberi e a svolazzare tra i fiori.

Dietro la casa c'era un bel bosco con un ruscelletto che scendeva limpido da un colle vicino, e quello doveva essere il posto destinato per rifugiarsi a meditare nelle ore del meriggio e ripararsi dai raggi ardenti del sole. Per godere sempre in ogni stagione lo spettacolo variato della natura, pensò di fabbricare una casa di cristallo, onde avere l'illusione d'essere in mezzo ad un giardino fiorito, sotto la vôlta del cielo e pure riparato dal freddo. Quante belle ore avrebbe passate in quella sala trasparente, ammirando il cielo stellato, gli indescrivibili tramonti, e i fiori sboccianti nelle ore mattutine! Ma per animare la sua dimora aveva bisogno d'una fata bella, come quelle vedute nel sogno, e per trovarla aveva divisato d'andar a girare per il mondo intero, rapirla e portarla nel suo regno. Poi la vita gli sarebbe trascorsa in un perfetto godimento, studiandosi di scoprire il bello di ogni cosa creata e di appropriarsene come fanno le api col succo dei fiori. La sua mente era ancora immersa in quelle poetiche fantasie, quando si avvicinò una contadina con una ciotola di latte in mano.

— Signore, non prende nulla? — gli disse con umile accento.

Egli le diede un'occhiata, la vide brutta, goffa, colla pelle ruvida bruciata dal sole, e le spalle curve, e rispose bruscamente:

— Che fai qui? Lasciami in pace; vattene.

La fanciulla lasciò cadere la ciotola di latte, che si sparse per terra, e pianse, nascondendo la faccia nel grembiule.

— Che vuoi da me? Chi sei? Perché vieni a turbare i miei sogni?

— Sono una povera contadina — essa rispose, calmandosi, ma ancora con un singulto nella voce. — Vostro padre mi raccolse per carità, e mi incaricò delle faccende di casa, di preparare il cibo e far pascolare le bestie. Speravo di poter continuare a vivere qui, anche ora, che siete voi il padrone, ma capisco che non mi volete, sono tanto brutta! Però mi sento morire al pensiero di dover andarmene lontana pel mondo, io che sono tanto affezionata a questi luoghi, alle bestie che mi conoscono e mi vogliono bene.

Fiorenzo si commosse a quelle parole, comprese che non poteva vivere soltanto di sogni, ma aveva bisogno di una persona semplice ed affezionata che pensasse ai bisogni della vita reale.

— Io ti concedo di restare al mio servizio, ma ad un patto, — le disse.

— Farò tutto quello che mi comanderete.

— Senti — riprese Fiorenzo, — mi terrai in ordine la casa e il giardino, penserai alle bestie, ma non ti farai mai vedere da me.

— Sarà fatta la vostra volontà – rispose rassegnata la fanciulla.

— Come ti chiami? — le chiese Fiorenzo.

— Pervinca.

— Bene, Pervinca. Ancora un momento. Fra pochi giorni partirò, e al mio ritorno voglio trovare piantati nel giardino i fiori più belli dell'universo, e in mezzo ai fiori farai costruire un edifizio di cristallo come questo; — così dicendo le diede il disegno di un chiosco, poi soggiunse: — Ora va a prendere un'altra ciotola di latte, recala in quel capanno di verzura, laggiù nel bosco, dove mi porterai ogni giorno il cibo, e ricordati di non venire mai alla mia presenza se non ti chiamo. Ora puoi andare.

Pervinca se ne andò mogia mogia con le lagrime agli occhi, ma contenta di non abbandonare quei luoghi che l'avevano veduta nascere, e Fiorenzo, annoiato che quel mostriciattolo fosse venuto ad interrompere i suoi sogni, cercò di riafferrare la prima idea, di trasformare la sua dimora e renderla bella e poetica; poi per non trovarsi in mezzo al trambusto degli operai e dei giardinieri che dovevano invaderla per molto tempo, fece sellare il suo cavallo per girare il mondo alla ricerca della bella fata, destinata ad essergli compagna per tutta la vita. E così se ne andò lontano, lontano, cavalcando giorno e notte, soffermandosi quando uno spettacolo bello arrestava la sua attenzione; sempre innanzi, salendo monti e attraversando valli, avido di emozioni o di novità. Dovunque, ritrovava cose degne di ammirazione: ora era una cascata che scendeva rumoreggiante da un alto monte e si frangeva sui sassi; ora erano montagne che parevano tagliare il cielo colle punte aguzze ed irregolari, sempre belle ed imponenti, sia coperte di neri abeti, o ammantate di candida neve. Qualche volta si fermava a riposare sopra un verde prato, dove in pace pascolavano gli armenti, e disteso sull'erba contemplava il cielo, scegliendo coll'occhio le nuvole vaganti che cambiavano aspetto ad ogni soffio di vento, ad ogni nuovo riflesso di luce. Egli sarebbe stato contento di poter fermare per sempre sulla carta o sulla tela quelle fuggevoli visioni d'un istante. Si sentiva artista nell'anima, ma incapace di dar forma duratura alle sue impressioni. Egli tentò qualche volta di riprodurre le immagini che gli erano apparse allo sguardo, ma scoraggiato di non poter dare che una pallida idea delle cose vedute aveva distrutto l'opera sua. Intanto andava sempre innanzi, non stancandosi mai di vedere e d'ammirare: non s'era ancora fermato sopra un paesaggio, che già un altro più bello attirava i suoi sguardi. Era un'ebbrezza indescrivibile la sua, e avanti avanti, galoppava senza mai stancarsi e senza mai tornare indietro.

Erano passati parecchi mesi, dacchè aveva lasciato la sua casa, ma lo scopo del viaggio non era raggiunto perché ancora non gli era apparsa la fata dei suoi sogni.

Un giorno verso l'ora del tramonto giunse alla riva del mare: una tinta rosso-aranciata colorava il lontano orizzonte, le onde si alzavano e si abbassavano, rifrangendo i raggi del sole morente, prima irradiandosi del colore dell'iride, poi dileguandosi, spumeggianti sugli scogli.

Fiorenzo si fermò a contemplare quello spettacolo vecchio come il mondo, ma sempre bello e sorprendente. Legò il cavallo ad un albero, e si sedette sopra uno scoglio, seguendo collo sguardo le onde del mare che qualche volta lo spruzzavano, lambendogli i piedi. Il sole intanto tramontava, il cielo si tingeva d'un colore più intenso, e l'ombra s'allargava sul mare.

Quando tutto ad un tratto Fiorenzo vide qualche cosa di vivo ed animato che cullato dalle onde s'andava avvicinando.

Appena potè distinguere più chiaramente, gli apparve come una visione veduta soltanto nei sogni. Una bella donna, col corpo eretto, le chiome sciolte, sfiorando l'onde colle braccia candide, s'andava lentamente avvicinando alla riva. I raggi del sole morente le formavano quasi un'aureola luminosa intorno al capo. Appena toccò col piede la spiaggia, scosse la fulva chioma e ne cadde una pioggia di goccie risplendenti che parvero gemme, poi con atto pudico raccolse un velo che le era caduto dalle spalle, e avvoltolo intorno alla bella persona, stette ritta sulla riva guardando il mare ed il sole che spariva per quel giorno sommerso dalle onde.

Quando si volse vide gli occhi di Fiorenzo che la fissavano e fiammeggiavano come carboni ardenti. Essa diede un piccolo grido, avvolse tutta la persona in un candido panneggiamento e si mosse per fuggire.

Fu afferrata dalla mano di Fiorenzo, che balzato in un lampo dallo scoglio la trattenne dicendole:

— Perché fuggi?

Essa lo guardò in faccia, vide che era giovane e bello, non ebbe più timore e rispose:

— Non so!

— Vuoi venire con me? — egli le chiese.

— Dove?

— Nel regno della Bellezza. Nel tuo regno.

— E poi?

— Sarai regina, ed io il tuo schiavo.

— Sono qui di passaggio, — rispose la bella.— Nessun mortale potrebbe trattenermi. Devo seguire il mio destino.

— Fa una sosta nella mia dimora. Che io possa ritrovarvi l'impronta del tuo passaggio, — supplicò Fiorenzo

La donna esitò qualche istante poi si decise.

— Ebbene sia fatta la tua volontà; — rispose. — Andiamo.

— Come chiami?

— Chiamami come vuoi.

— Ti chiamerò Dea, — disse Fiorenzo. Vieni.

Sì dicendo la prese tra le braccia e tenendola stretta, salì in groppa al suo cavallo, e andarono via di galoppo per l'aperta campagna, avviandosi in una corsa sfrenata verso casa.

****

Dopo aver viaggiato per molte settimane colla bella compagna, Fiorenzo giunse finalmente alla propria dimora, dove trovò che i suoi ordini erano stati eseguiti, e se ne compiacque.

Il giardino era adorno di mille fiori che mandavano inebbrianti profumi; nel mezzo s'ergeva un immenso chiosco di cristallo sul quale svolazzavano gli uccelli più rari e le farfalle dalle ali variopinte.

Fiorenzo condusse Dea nel bosco, la fece sedere sopra un pendio di muschio morbido e profumato per riposarsi. Poi andarono nel capanno di verdura, dove sopra un tavolino adorno di fiori, trovarono il pane, il latte, il miele, il burro, che Pervinca non mancava di preparare tutti i giorni, sempre aspettando il ritorno del padrone.

Dopo l'aria fresca di quella mattina ed il lungo cammino avevano appetito e gustarono quei cibi semplici, come se fossero squisiti manicaretti. Fiorenzo poi non si saziava mai d'ammirare la sua compagna nella quale scopriva sempre nuove bellezze.

Di tratto in tratto volgeva intorno lo sguardo, e gli pareva che il giardino fosse diventato più bello per la presenza di quella donna, e ch'essa in mezzo a quei fiori acquistasse nuovo splendore.

Stava lunghe ore in ginocchio a contemplarla, e quando essa apriva la bocca ad un sorriso, egli sentiva un gran turbamento in tutta la persona, temendo che una così intensa felicità non potesse durare.

Quello che lo faceva soffrire e guastava la sua gioia, era il timore di perder la bella compagna, ed il mistero da cui era circondata. Egli spesso le chiedeva chi fosse e donde venisse.

— Non lo so, — essa rispondeva. — Pensa che io sia una fata, e preparati a vedermi uno di questi giorni sparire come una visione.

Fiorenzo a quelle parole diventava pallido come un morto, e la supplicava, di non abbandonarlo.

— Devo seguire il mio destino, — essa rispondeva. — ma perchè rattristarci? Godiamo quello che ci è concesso, e non pensiamo all'avvenire.

Fiorenzo voleva almeno rendere eterna l'immagine della fata che rallegrava in quel momento la sua dimora. La dipingeva sulla tela, la modellava nella creta, in tutti gli atteggiamenti; ma trovava sempre che il ritratto non dava che una pallida idea dell'originale perfetto.

Le sue mani erano pigre ed impotenti nel poter fermare la fuggevole espressione d'un pensiero, d'un movimento. Una volta sola fu più fortunato. Nel giardino c'era una specie di declivio tutto fiorito di rododendri ed azalee, che formavano un tappeto dalle tinte smaglianti: c'erano tutte le sfumature del rosa, dal bianco rosato a quello più vivo quasi violaceo; le gradazioni del rosso, dal rubino purpureo al rosso fiammante. Poi fiori violetti, candidi, chiazzati di macchie rosse e rosee, e fiori a mazzi, a corimbi, un lusso di forma, di colore da abbagliare la vista.

In un pomeriggio di primavera Dea s'era sdraiata in mezzo a quei fiori e addormentata col corpo abbandonato sul tappeto fiorito, all'ombra del rododendro. Fiorenzo, appena la vide immobile in quella posa, corse a prendere i pennelli, e procurò di fissarne sulla tela l'immagine, che riuscì migliore delle altre, soltanto mancava al quadro il bagliore di quegli occhi, che nessun artista avrebbe potuto mai dare perfettamente. Passavano intanto le giornate rapide come se avessero le ali. Essi vivevano quasi in un sogno, senza curarsi del mondo, o pensare all'avvenire. Due volte al giorno trovavano nell'angolo più poetico dei bosco, sulla tavola adorna di fiori, vivande semplici ed appetitose, preparate con tanto intelletto ed amore, che un giorno Dea domandò:

— Chi mai ci prepara tutte queste cose buone?

— Che t'importa? — rispose Fiorenzo - Pensa che ci vengano dal cielo, e sieno l'opera d'una fata benefica.

— È dunque questo un giardino incantato? — chiese Dea con un sospiro guardandosi intorno.

Per quel giorno non parlò più, ma sentì sorgere in sè una grande curiosità di vedere chi fosse la fata che portava quelle saporite vivande.

Volle appagarla, e il giorno appresso, prima dell'ora del pasto, s'appostò nel bosco, in modo da non perder di vista la tavola, ove usavano prendere il cibo. Poco dopo vide avanzarsi Pervinca, che trascinava un cesta pesante carica di vivande, e Dea non potè fare a meno di scoppiare in una forte risata, e correre da Fiorenzo dicendo:

— Bella la tua fata! Ne sono proprio gelosa.

E continuò così per un po' di tempo a ridere e a burlarsi della povera Pervinca, alla quale non sfuggì quella scena, e ne riportò un colpo crudele al cuore.

Essa, quando nascosta tra le piante, aveva veduto ritornare dal suo viaggio Fiorenzo accompagnato da Dea, s'era sentita piena d'ammirazione per la perfetta bellezza della fanciulla, e stava delle ore in estasi a contemplarla, sempre nascosta in modo da non lasciarsi scorgere. Si studiava d'imitarne le movenze graziose, il modo di vestire, di parlare, di camminare.

Nessun sentimento d'invidia era sorto nel suo cuore semplice e buono; anzi provava per Dea un senso di riconoscenza, perchè sapeva rendere il suo amato padrone lieto e contento.

Quel giorno che la vide cogli occhi fissi sulla tavola, proprio nel momento in cui stava per porvi i cibi, s'era fatta innanzi, nella speranza d'udire da lei qualche parola gentile. Era così bella, e s'immaginava che dovesse essere anche buona.

Quando invece udì quel riso di scherno e le crudeli parole che disse a Fiorenzo sentì sorgere per la prima volta un sentimento di odio, al punto che avrebbe voluto scagliarsi contro Dea, e vendicarsi.

Poi pensò al dolore di Fiorenzo e disse fra sé: "Ho avuto torto a farmi vedere, dovevo aspettare che se ne fosse andata di là; è mio destino stare sempre nascosta; non sono nata per risplendere alla luce del sole come lei."

E ritornò nel suo stambugio, sfogando il risentimento dell'animo con uno scoppio di pianto. Poi ridivenne calma e serena, e cercò di dimenticare l'affronto sofferto.

I due giovani continuavano intanto la loro vita lieta e spensierata. Dea si adornava ad ogni stagione di nuovi fiori, e diventava sempre più seducente. I gigli erano succeduti alle rose, le ortensie e gli anemoni ai gigli, e Fiorenzo era continuamente in adorazione di lei.

Fu una vera festa quando colsero assieme i grappoli d'oro dai pergolati, e ne gustarono l'ambrosia. Poi salutarono riconoscenti gli ultimi raggi autunnali, che spargevano la porpora e l'oro sui crisantemi sboccianti.

Quando il sole divenne pallido e meno ardente, Dea si fece mesta e taciturna; incominciò a vagare sotto le piante che si spogliavano delle loro frondi, calpestava le foglie secche, ingiallite, trascinandole dietro le pieghe della veste con un monotono fruscio. Cercava la solitudine e usava ogni sorta di strattagemmi per tener lontano Fiorenzo. Un giorno vagando pel bosco, andò avanti avanti, quasi spinta da una volontà superiore, senza accorgersi del lungo cammino, e si trovò in riva ad un lago: vide una piccola barca con una vela bianca, pronta alla partenza, vi entrò, senza pensare, e vi si adagiò come una persona stanca. Un soffio di vento mosse la barca, che scivolò via, leggera, sulle onde azzurre del lago, conducendo Dea lontano lontano, in balia delle onde, senza una meta fissa.

Quando Fiorenzo non vide più ritornare presso di sé la sua bella compagna, andò a cercarla coll'inquietudine nel cuore, nel giardino, nel bosco, sulla collina, in tutti i luoghi ch'essa prediligeva: la chiamò colla disperazione nella voce; ma soltanto gli echi dei monti risposero alle sue grida strazianti.

Giunse alla riva del lago, vide la vela bianca che si dileguava nel lontano orizzonte, ebbe il presentimento che quella vela trascinasse lontano la sua compagna. Cercò collo sguardo una barca per seguirla, ma il lago era deserto.

Per un giorno ed una notte intera girò intorno alla riva piangendo disperatamente come un pazzo, non sentendo nè la fame nè l'aria frizzante, ma soltanto il dolore che gli straziava l'animo.

Ad un certo punto le gambe non lo poterono più sostenere, e cadde a terra affranto, cogli occhi che continuavano a piangere, finchè ad un certo punto, perduto ogni sentimento, rimase insensibile come corpo morto.

Si svegliò dopo parecchi giorni nella sua casa e nel suo letto, sentì che una persona si muoveva intorno a lui e lo curava con amore, ma non poteva vederla, perchè i suoi occhi a furia di piangere s'erano spenti per sempre; egli era divenuto cieco.

— Chi è che si muove intorno a me? — chiese con debole voce.

— Sono io! — gli rispose Pervinca umilmente. — Perdonate, signore; — vi ho trovato quasi morente in terra sopra un pendio, e vi ho trascinato qui colla speranza di salvarvi. Ora vedo che sono riuscita; se vi do noia mi ritiro.

— No, resta pure; ma, dimmi perché non mi hai lasciato morire?

— Voi dovete vivere. Siete giovane.

— A che scopo vivere?

— Perché io possa servirvi, esservi utile; che cosa farei senza il mio padrone?

— Povera fanciulla! — pensò Fiorenzo, ed ebbe il rimorso di averla disprezzata.

— Ma lei... ma Dea... dove sarà andata? — chiese dopo qualche minuto.

—Non vi disperate, ritornerà colle viole, — rispose Pervinca per consolarlo.

E Fiorenzo ricominciò a sperare, si sentiva meglio, provò ad alzarsi, a girare per la casa ed il giardino; ma un forte dolore l'opprimeva, ed era di non poterla più rivedere se mai fosse tornata, e di non poter mirare tutte le cose belle che avevano allietata la sua esistenza.

— Perchè dovevo essere in questo modo punito? — andava esclamando. — lo che ritraevo dalla vista tanto godimento, dovrò essere condannato alla notte eterna? Quanto sarebbe stato meglio ch'io fossi morto!

E della sua disgrazia non poteva darsi pace.

Guai se non avesse avuto presso di sè la fanciulla ch'egli aveva per tanto tempo disprezzata; essa faceva tutto il possibile per alleviargli ogni pena, lo conduceva per mano nel giardino, gli descriveva i fiori che sbocciavano sul ramo, la forma delle nubi che passavano in cielo, l'aspetto che prendeva la natura nelle diverse ore del giorno, e taceva soltanto quando udiva qualche uccello cantare, perchè Fiorenzo potesse gustarne le soavi melodie.

E come stava attento ad ascoltarle! Come scopriva in quelle note, armonie che prima non aveva avvertito! Era quello il suo godimento maggiore. Un giorno sentì l'aria più tiepida, ed un leggero profumo salire fino lui. Il suo volto si rischiarò d'un lampo di gioia, e chiese a Pervinca:

— Sono fiorite le viole?

— Sì, questa mattina.

— E perchè Dea non ritorna?

— Forse aspetterà che fioriscano le rose.

E Fiorenzo ritornò a sperare.

Ma sbocciarono tutti i fiori del giardino e la bella non tornò più. Pervinca diceva a Fiorenzo sempre parole di speranza e cercava di consolarlo. Essa parlava bene, descriveva ciò che vedeva con tanta efficacia ed esattezza, ch'egli non poteva trattenersi dal dirle:

— Tu parli così bene, che mi par di vedere quello che descrivi. Chi ti ha insegnato ad esprimerti così?

— Non so, gli uccelli che volano, le cose che mi circondano. Voi stesso me lo avete insegnato.

— Ma se con me, non stavi mai?

— Ma vi seguivo sempre, nascondendomi tra le siepi. Ero il vostro cane, una brutta bestia, ma fedele.

— Ed ora sei la luce dei miei occhi, — diceva Fiorenzo. — che farei senza di te?

Essa a quelle parole si sentiva riscaldare il cuore dalla gioia, ed era tanto contenta, che non si sarebbe cambiata con una regina. Era dolce, paziente, non si lagnava mai, e sopportava i rimproveri di Fiorenzo, quando era di cattivo umore, senza ribellarsi.

— Poveretto! — pensava. — Soffre tanto, bisogna compatirlo!

Egli poi che scopriva ogni giorno nuove bellezze in quell'anima semplice e buona, le diceva sempre:

— Quanto sei buona! quanto sei paziente!

— E perchè non dovrei esserlo? — essa rispondeva. — Sono tanto contenta, ora che vi degnate di tenermi vicina a voi.

— Mi sarai poi sempre fedele? — le chiese un giorno.

— Sempre, sempre, ve lo giuro.

— Se potessi ancora aprir gli occhi! — egli soggiunse.

— Allora non mi vorreste più vicina, perchè sono troppo brutta! — rispose Pervinca.

— È tanto bella la tua anima, che ormai non vedrei che quella! — disse Fiorenzo. — Ma dimmi, sei stata sempre contenta? Non ti sei mai ribellata alla tua sorte?

— Perchè avrei dovuto ribellarmi? Perchè non son bella? Ma che è mai la bellezza? Uno splendore che passa, come tutte le cose di questa terra. Non vedete come le rose che pur son tanto belle appassiscono presto?

— Ma poi rinascono.

— E non possiamo risorgere noi pure? E forse chi una volta è brutto, potrà rinascer bello. Poi la felicità più grande è di trovare un core fedele che possa rispondere al nostro.

— Come sei saggia! — disse Fiorenzo. Ed ogni giorno più s'accorgeva che mentre l'imagine di Dea andava perdendosi nelle nebbie del passato, si affezionava sempre più a Pervinca, al punto di sentire che non avrebbe potuto vivere senza di lei.

Vi fu un momento in cui ebbe timore ch'essa potesse andarsene e scomparire come Dea, e le disse:

—Pervinca, sento che tu mi sei necessaria come l'aria che respiro; nell'oscurità della mia vita sei la luce dei miei occhi, ed ho pensato di legarti a me per sempre e farti mia sposa. Sei contenta?

Egli non potè vedere la gioia dipinta sul volto della povera fanciulla, ma dal tremito della mano che teneva stretta nella sua, sentì come il cuore doveva vibrarle. Essa n'ebbe tanta contentezza che le parve di soffocare, e appena fu sola scoppiò in un pianto dirotto; erano lagrime di gioia, che tanto le abbellirono il volto, che specchiandosi in un ruscello disse:

— Se mi potesse vedere non mi troverebbe poi così brutta!

Ma egli ormai non badava più alle parvenze esteriori, il suo occhio spento scopriva nuove bellezze ignote, ora che poteva leggere chiaramente quello che si nascondeva nell'interno dell'anima!

Appena partito il padre, Fulgenzio andò a dare un'occhiata al suo possedimento, fece colla mente il calcolo del danaro che avrebbe potuto ricavare dai prodotti delle sue terre, e crollò il capo pensando a tutto il tempo ed al lavoro che occorrevano prima di arrivare alla ricchezza a cui aspirava. Fin da bambino aveva sognato tesori sepolti fra le viscere della terra, grotte piene di pietre preziose, mucchi d'oro e d'argento. Egli considerava quale massima tra le felicità il possedere tante ricchezze da potersi un giorno permettere qualunque godimento. Era un giovane pratico e positivo, e capiva benissimo che vagando per i campi, e seguendo le immagini della fantasia, non avrebbe aumentato di un soldo il suo patrimonio, sicché pensò di mettersi subito al lavoro e di trarre il maggior profitto possibile da ciò che possedeva.

Dietro la casa c'era un bellissimo bosco, formato da una collina coperta d'alberi secolari che davano un'ombra deliziosa, e aspetto selvaggio e pittoresco a quell'angolo tranquillo. Il suo primo pensiero fu di far tagliare quel bosco e vendere la legna: chiamò una schiera di contadini e ordinò che incominciassero tosto l'opera di distruzione. Egli stava tutto il giorno a sorvegliarli, affinchè non perdessero il tempo, e li spingeva al lavoro, rimproverandoli e minacciandoli e non lasciando loro un minuto di riposo. Diceva che l'uomo era stato condannato a lavorare, e ne dava l'esempio aiutando ad abbattere gli alberi, a spezzare i rami, a squarciare i tronchi. Era un vero strazio veder cadere quei giganti della foresta che gemevano sotto l'accetta del boscaiuolo; gli uccelli, disturbati nei loro nidi, fuggivano, mandando grida che scendevano al cuore. Qualche volta i contadini, impietositi da tanti lamenti, sospendevano il lavoro; ma Fulgenzio con un'occhiata feroce diceva loro: "A che vi fermate? Avanti, avanti! il tempo stringe, la vita é breve, bisogna lavorare."
Giù cadevano le piante al suolo senza interruzione, la montagna si spogliava e, prendeva un aspetto desolante.

In terra quei giganti abbattuti davano l'impressione d'un campo di battaglia. Nuvoli d'uccelli spauriti volavano nell'aria mandando grida disperate, e andavano altrove, a cercare foreste più ospitali. Intanto la legna veniva caricata sopra carri che Fulgenzio conduceva al mercato, dove procurava di ricavarne il maggior prezzo possibile. Un altro si sarebbe commosso all'idea di vendere quegli alberi, suoi amici d'infanzia, sotto alla cui ombra si era spesso riposato, ma egli ad altro non pensava che ad accumulare ricchezze; diceva che per essere stimato ci volevano danari,che l'oro è il padrone del mondo, e così continuava a tagliare il bosco, a mandare legna al mercato e a ricavarne danaro.

Quando la foresta fu tutta devastata, e ch'egli ebbe molti quattrini, pensò al modo di moltiplicarli,e volle tentare il commercio. Nella città vicina si fabbricavano stoffe: ne comperò in gran quantità, s'imbarcò su un bastimento con tutta la sua mercanzia e pensò di portarla in paesi lontani, e trarne un buon profitto.

Il tempo era bellissimo, il mare tranquillo, e tutto prometteva un buon viaggio. Ma quando fu lontano dalla riva, si levò un vento forte, apparvero in cielo neri nuvoloni, e le onde cominciarono a sollevarsi tanto, che comprese di non poter evitare la burrasca. Già il bastimento era lanciato di qua e di là sull'onde tempestose; il capitano e i marinai facevano sforzi inauditi per poterlo dirigere: tutto invano. I passeggieri piangevano, gridavano, chiedevano aiuto, e si tenevano perduti. Ad un certo punto il capitano decise di buttare in mare tutte le mercanzie che erano ammucchiate sul bastimento. Fulgenzio a quella notizia si sentì morire, gli si gettò ai piedi dicendo.

— Vi supplico, mio capitano, non gettate in mare le mie merci, sono la mia unica speranza; trovate un altro modo per salvarci, quello non servirebbe a nulla.

Il capitano rispose:

— Le vostre preghiere non mi commuovono: più della roba mi è cara la vita dei passeggieri; se in cinque minuti la burrasca non cessa, tutte le merci saranno buttate in mare.

E i minuti passavano, e la furia dell'onde non si placava, quando a Fulgenzio balenò un'idea che espose subito al capitano:

— So un mezzo per calmare la tempesta, — gli disse, — ve lo insegnerò se promettete di risparmiare la roba mia.

— Calmate le onde, — rispose il capitano, e avrete salva la roba.

— Ebbene, — disse Fulgenzio, — versate in mare le botti d'olio che ho veduto raccolte nella stura.

— Siete pazzo, — disse il capitano — a che servirebbe?

— Provate.

— Tenterò, ma se non si riesce guai a voi! — e il capitano diede l'ordine di versare tutto l'olio raccolto nelle botti, sulle onde furiose.

Appena eseguito quel comando, il mare parve calmarsi come per incanto, e il bastimento scivolò tranquillo sul mare, mentre intorno tutti gli elementi erano ancora sossopra, e la striscia d'olio lo seguì per un lungo tratto, finchè il mare ebbe tempo di calmarsi. I compagni di Fulgenzio sorpresi gridarono al miracolo, e da quel momento lo considerarono come un mago. Egli non sapeva come gli fosse venuta quell'ispirazione, ma intanto il suo scopo era raggiunto, e il capitano non solo gli fece molti elogi per il suo saggio consiglio, ma gli diede doni preziosi.

Erano salvi dalla tempesta, però si trovavano in un luogo sconosciuto: il capitano vedeva in distanza un'isola disegnarsi sull'onde; sapendo che in quei paraggi dovevano abitare i Caraibi, popoli crudeli e antropofagi, non si sarebbe avvicinato a terra se il bastimento non avesse avuto bisogno di rifornirsi di viveri e di riparare ai guasti sofferti. Gli fu forza approdare.

Scesi a terra, trovarono una specie d'isola incantata, con piante meravigliose e fiori giganteschi: una vegetazione tropicale che spargeva nell'aria inebbrianti profumi.

Fulgenzio non rimase come i compagni estatico davanti alle bellezze della natura, ma rivolse il passo verso alcuni pescatori i quali giravano carichi di bellissime conchiglie, e le ammucchiavano sulla spiaggia, dove un'altra schiera di uomini stava intenta ad aprirle, e a farne uscire perle di una grossezza maravigliosa, che accumulavano come fossero sassolini. Fulgenzio si avvicinò a quella gente, prese in mano alcune perle, e fece capire coi gesti che avrebbe volontieri cambiate quelle perle con delle stoffe che aveva con sè: quegli uomini erano quasi nudi, solo coperti di foglie di palma, e dovevano certo aver bisogno di drappi per vestirsi e far tende con cui ripararsi dai raggi del sole. Egli sciorinò le stoffe ai loro occhi: e quei pescatori alla vista di quei drappi variopinti si misero a battere le mani dalla gioia, e ben volentieri li cambiarono colle perle, che riguardavano cosa di poco valore, come i sassolini della spiaggia.

Fulgenzio si riempì di perle le tasche, la cintura, una borsa che aveva con sè, e avrebbe voluto avere dei sacchi per farne un ricco bottino.

Anche il capitano e gli altri passeggieri si erano avvicinati per raccoglierne, quando scorsero in distanza degli uomini armati che venivano verso la spiaggia. I pescatori si fecero dei segni, e in fretta staccarono le imbarcazioni che avevano nascoste in un piccolo seno, e via fuggirono remando sull'onde.

Il capitano, e i passeggieri pensarono che dovevano essere i Caraibi, e in fretta salirono alla loro volta, sulle loro imbarcazioni per raggiungere il bastimento, dimenticando Fulgenzio che per l'avidità di raccogliere perle era rimasto sulla spiaggia, senza avvedersi di quello che succedeva intorno a lui.

S'accorse del suo errore, quando fu circondato da una schiera d'uomini dall'aspetto così feroce da far tremare il più coraggioso, e rimase impietrito dalla paura vedendosi in mezzo a quelle faccie poco rassicuranti; pregò che lo lasciassero seguire i compagni,ma quei selvaggi lo costrinsero a seguirli, e lo trascinarono nell'interno dell'isola.

Egli vedendo innanzi a sè un bosco intricato, pensò alla difficoltà di uscirne anche se avesse potuto sfuggire alla vigilanza di quella gente; si rammentò una favola che gli aveva raccontata la nutrice, d'un bimbo che trovò la strada in un bosco, spargendo in terra dei sassolini bianchi, e ciò gli fece pensare alle perle che aveva con sè. Quantunque si sentisse uno strappo al cuore all'idea di perdere quelle ricchezze,pure ne lasciò cadere una ogni cinque passi, e così continuò fino a che venne condotto in una vasta spianata in mezzo al bosco, dove alcuni uomini facevano cuocere ad una grande fiamma della cane umana.

Fulgenzio si sentì gelare il sangue a quella vista, e capì di essere proprio caduto in mano a quella tribù di antropofagi di cui aveva udito parlare, e dagli sguardi di coloro capì che lo consideravano come un buon arrosto degno di figurare ai loro banchetti. Pareva che essi dicessero, nel loro linguaggio:

" È abbastanza grasso,è giovane, è bianco, sarà certo un buon boccone."

Egli si sentiva venire i brividi, pensando alla sorte che forse l'aspettava. Intanto quei selvaggi si misero a mangiare, e pareva che gustassero molto il loro pasto, ed erano tanto di buon umore che ne offersero anche a Fulgenzio, il quale rifiutò, e stette tranquillo nel suo angolo tutto tremante dalla paura.

Diede un sospirone di sollievo, quando vide che s'accingevano a dormire: finse di sdraiarsi, mostrandosi stanco,ma stette ad osservare ciò che accadeva intorno a lui.

Vi fu un momento in cui credette giunta la sua ultima ora, quando vide due selvaggi avvicinarglisi; egli non si mosse, lo credettero addormentato, lo lasciarono in pace, e si sdraiarono in terra per dormire, certi che non sarebbe fuggito, perchè il sole volgeva al tramonto e il bosco era troppo intricato. Però quando Fulgenzio fu ben sicuro che tutti dormivano, sgusciò carponi sotto i rami delle piante,e cercò di distinguere le perle che aveva sparse sul suo cammino.

Per fortuna la notte era chiara; egli aveva buona vista, e potè vedere i punti bianchi che risaltavano sulla terra scura. Trovata una perla la metteva in tasca, e cercava l'altra, così continuò fino a che si trovò sulla spiaggia,quando cominciava ad albeggiare. Vide in distanza il bastimento, fece dei segnali coi rami degli alberi, perchè mandassero un'imbarcazione a prenderlo; il capitano era infatti rimasto colla speranza di veder tornare Fulgenzio, ma, passata la notte, per allontanarsi dai Caraibi si preparava a partire. Fulgenzio se ne accorse, e n'ebbe un tale spavento che quasi perdette la ragione, tanto più che vide un fuoco muoversi in lontananza,e s'accorse che i suoi nemici erano in moto per rintracciarlo. Volse intorno uno sguardo disperato, vide un pezzo di legno che poteva galleggiare, lo raccolse, lo spinse in mare, e vi si emise a cavalcioni. Prese due foglie di palma secche per servirsene come remi, e via sul mare gridando, e facendo segni, e dirigendosi verso il bastimento che aveva già, tutte le vele spiegate. e si allontanava sempre più dalla riva.

Egli lo seguì colla forza della disperazione. Era in un'ansia terribile; sulla riva i cannibali, vedendo sfuggirsi la preda, mandavano alte grida; il bastimento si allontanava, e le foglie che gli servivano di remi quasi non resistevano più all'urto delle onde. No, non era possibile, che dopo essere sfuggito dalle mani dei nemici dovesse morire in mare, e giurava che se riusciva a salvarsi, non si sarebbe più esposto ai pericoli di lunghi viaggi. Già dalla paura di quella notte gli si erano imbiancati i capelli, tanto che quelli che stavano sul bastimento coi cannocchiali rivolti vero di lui, non lo riconoscevano più, e non sapevano se fermarsi o proseguire. Un momento che Fulgenzio vide il bastimento che accennava a fermarsi gridò con tutto il fiato:

— Fermatevi, aiuto! aiuto! sono Fulgenzio.

Il capitano era troppo lontano per sentire le parole, ma vedendo che si trattava d'un uomo solo e in pericolo, mosso a compassione dalle grida disperate si avvicinò a lui, e gli gettò una corda perché vi si potesse aggrappare: era tempo; appena Fulgenzio riuscì a toccare il bastimento cadde svenuto.

Tutti gli furono intorno a soccorrerlo ed egli quando si riebbe pregò il capitano di condurlo presto a terra, in una città civile; era ancora tutto sgomento, pensando a quella notte d'orrore che non avrebbe dimenticata più mai, e anelava l'istante di essere al sicuro.

La sua sola consolazione era d'aver salvato tutte le perle raccolte, e pensava di venderle, e impiegare il denaro in qualche industria che gli permettesse di rimanere nel suo paese, perché di viaggi ne aveva ormai abbastanza.

Giunto a casa fu molto imbarazzato per nascondere e mettere al sicuro il suo tesoro; prima riunì le perle in un sacco che collocò in un armadio che aveva una serratura segreta; ma la notte, sia che lo spavento passato nell'isola dei Caraibi gli avesse scompigliato i nervi, sia che l'idea del tesoro nascosto lo preoccupasse eccessivamente, si sognava di ladri che venissero a rubarglielo, si svegliava di soprassalto, caricava un fucile, e correva per la casa e per il giardino, mandando forti grida, e combattendo con una schiera di fantasmi, che credeva persone in carne ed ossa. I suoi affari continuavano a prosperare, ma egli non era mai contento e un giorno pensò di trar profitto da un torrente che scendeva dal monte per mettere in moto un mulino; dopo aver venduto il bosco, s'accorse che la collina era formata di marmi preziosi, e pensò di abbattere anche la collina per vendere i marmi. Chiamò subito una schiera di operai, e là dove un tempo si ergeva l'erta collina coperta da magnifici boschi, si vide dar fuoco alle mine, squarciare il monte, estrarre massi giganteschi di macigno, che, tagliati e lavorati, venivano posti in grandi barche sul lago che stava ai piedi del monte e spediti per il mondo.

Mano mano che i suoi possedimenti erano invasi dall'industria, diventavano brulli e sassosi, ma Fulgenzio non se ne curava; gli bastava che i suoi affari prosperassero.

Soltanto la notte non poteva dormire, turbato da una strana inquietudine ad ogni più piccolo rumore; soffriva di non avere presso di sè una persona alla quale confidare le sue pene, sembrandogli che il suono di una voce amica gli avrebbe calmato lo spirito. Decise di prendere moglie per avere una compagna; soltanto la scelta era difficile: gli pareva di non essere abbastanza ricco per permettersi il lusso di una famiglia, e decise di cercare una donna ricca.

Presso alla collina che stava sfasciandosi sotto lo scoppio delle mine e il piccone dei minatori, la sua vista si posava spesso sopra una vasta estensione di campi verdeggianti ed ubertosi: chiese ad un operaio a chi appartenessero quei campi dove le spiche s'inchinavano sotto il peso del grano, le pannocchie alzavano rigogliose al cielo il capo biondeggiante, e i grappoli d'uva sembravano quelli della Terra promessa.

L'operaio rispose:

— Appartengono ad una signora che chiamano la strega, perchè è brutta da far scappare la gente.

Fulgenzio pensava essere impossibile che una signora così brutta possedesse campi così belli e disse:

— Mi piacerebbe conoscerla.

— Se vi mettete in questo posto all'ora del tramonto, la vedrete passeggiare coi suoi due gatti; badate che non vi faccia qualche stregoneria, — disse l'operaio.

Ma Fulgenzio non aveva simili paure, e all'ora del tramonto si sedette su di un masso di pietra, aspettando la ricca vicina. Infatti nell'ora in cui il sole tingeva le colline di un colore rosso e violetto, vide attraversare il pergolato un'ombra nera, seguita da due oggetti che a quella distanza parevano due palle, una bianca e l'altra fulva.

Quando furono presso il muricciolo che divideva i suoi possedimenti da quelli della signora Sofronia, così si chiamava la sua vicina, la vide sedersi sopra una panca, con un gatto per parte, e accarezzarli in modo ch'essi facevano le fusa, e scuotevano la coda dalla contentezza.

Erano due bellissimi gatti d'Angora, col pelo lungo e sottile come seta, che ora voltavano la testina con un movimento grazioso, ora si raggomitolavano in modo da sembrare due cuscini, uno d'oro e uno bianco come la neve.

Fulgenzio diede un'occhiata anche alla signora, gli parve smunta e un po' gobba, ma non la trovò così brutta come gliel'avevano descritta. Per attirare la sua attenzione egli fece cadere un sassolino che andò a battere proprio sulla groppa del gatto bianco, il quale aperse la bocca ad un piccolo miagolio.

La signora Sofronia alzò il capo, e prendendo fra le braccia il gattino disse irritata:

— Chi ha osato percuotere il mio Candido?

— Chiedo scusa, — rispose umilmente Fulgenzio, — passeggiavo, ho urtato inavvertitamente col piede un sassolino, che è caduto sul suo bellissimo gatto, ne sono dispiacente, e se mi permette di scavalcare il muricciolo vengo ad accarezzarlo per fare la pace. Mi piacciono tanto i gatti.

— Quand'è così, venite pure, - disse la signora Sofronia, sorpresa di trovare un uomo tanto umile e gentile.

Fulgenzio non se lo fece ripetere, in un salto fu vicino a lei, ed accarezzando i gatti disse:

— Che belle bestie, sono una meraviglia!

La signora, contenta di quegli elogi rivolti ai suoi fidi, rispose:

— Sono la mia compagnia: essi almeno mi seguono e mi vogliono bene; io li trovo migliori degli uomini.

— Siete ingiusta, — rispose Fulgenzio, — spero di farvi ricredere.

E da quel momento procurò di trovarsi sempre alla medesima ora in quel posto, e prese l'abitudine di conversare colla vicina, finchè venne un giorno ch'essa lo condusse a visitare i suoi campi, tutti belli e ben tenuti che promettevano un raccolto abbondante; la corte dove allevava una quantità di bestie, piccioni, galline, fagiani, tacchini e pavoni; le stalle piene di mucche, vitellini da latte, cavalli, buoi, una quantità di grazia di Dio che a Fulgenzio faceva venire le vertigini.

— Vedete, — essa diceva, — i campi sono così belli, le bestie così grasse, perchè me ne occupo io. Se sapeste quanto ho da fare!

— E lo dite a me? L'occhio del padrone ingrassa il campo, lo so anch'io per prova che devo sorvegliare tutto, occuparmi di ogni più piccola cosa.

Trovarono che andavano perfettamente d'accordo, che avevano tutti e due il solo e medesimo pensiero di aumentare le rendite e pensarono di udire le loro vite solitarie, sposandosi.

Fulgenzio non la trovava poi così brutta; a quel po' di gobba si era abituato, le scoperse due occhi espressivi, e ciò che era ancora meglio, altri vasti possedimenti; e pensò che in breve, fra l'agricoltura e l'industria, sarebbero divenuti i più ricchi proprietari dei dintorni.

Il giorno delle nozze misero l'avarizia da parte, e fecero una festa campestre invitando tutti i contadini e operai che da loro dipendevano.

Vi fu un banchetto, durante il quale un vino squisito che scendeva dalle botti in getti copiosi come quelli d'una fonte mise tutti di buon umore: però sottovoce ciascuno ripeteva la seguente canzone:

La strega sposa il mago,

Oggi si fa baldoria,

Domani un'altra storia

Dovremo incominciar.

La strega sposa il mago,
Oggi si pranza e cena,
Doman con maggior lena
Dovremo lavorar.

Poi intrecciarono sui prati liete danze, ma i più allegri erano i gatti, Candido e Dorato, i quali avevano tanto mangiato che si arrotolavano sull'erba facendo salti e capriole, tanto più che la signora Sofronia, contenta di aver trovato uno sposo, si era dimenticata di loro.

Però, passato quel giorno di baldoria, gli sposi ripresero la loro vita operosa; Sofronia si occupava dei campi e delle bestie, Fulgenzio delle sue industrie. Egli andava continuamente in città a vendere legni e marmi, e ritornava carico di quattrini: pure non era contento, voleva diventare più ricco del principe, che vedeva ogni anno scendere dal vecchio castello situato sul monte, in splendidi equipaggi,seguito da un corteo di dame e cavalieri. Dopo un anno, ebbero una figliuola che chiamarono Alba,perchè nacque appunto nell'ora che il sole stava per sorgere. Era una bella bimba coi capelli d'oro, e prometteva di diventare una bella ragazza; ma Sofronia che temeva di esserne eclissata si curava poco di lei, e le preferiva Candido e Dorato, così che la piccina divenne gelosa dei gatti e non li poteva soffrire; forse contribuiva a renderglieli odiosi l'impressione che ebbe una volta che s'era sentita quasi soffocare da Dorato il quale era andato a dormire nella sua culla, e per fortuna fu mandato via in tempo dalla nutrice. Essa si era invece affezionata ad un piccolo cane che teneva sempre presso di sé, e le faceva compagnia; perché i suoi genitori, molto occupati dei loro affari, non si curavano di lei. Ma se la madre invidiava la bellezza di Alba, Fulgenzio adorava la figlia, e sognava di circondarla di tanta ricchezza da farle sposare il figlio del principe.

E così s'immergeva sempre più nel lavoro, procurava di ammucchiare tesori su tesori, e intanto Alba sola, abbandonata, girava nel giardino, passava in mezzo agli operai ed ai contadini che sudavano per arricchirla, e la guardavano con ammirazione, come se la sola presenza di lei li consolasse delle loro fatiche.

Essa guardava tutto quel lavorìo,e non poteva comprendere come il padre potesse trovar piacere a quella vita faticosa.

— Perchè ti affatichi tanto? — gli chiedeva.

— Per farti ricca.

— Non m'importa, babbo: riposati, non lavorar più.

— Voglio che sposi il figlio del principe, — le rispondeva il padre.

— Non mi piace.

— Deve piacerti: voglio che tu sia principessa.

E quando Alba vedeva passare il figlio del principe scappava e si nascondeva, come se avesse visto una brutta bestia. Si divertiva invece a scendere alla riva del lago,dove veniva tutte le mattine un giovane pittore che copiava il paesaggio: aveva fatto amicizia con lui, e si compiaceva di veder uscire dal suo pennello le foglie verdi come quelle degli alberi e il lago azzurro,colle vele che parevano quasi mosse dal vento.

— Come fate, — gli diceva, — a combinare con un po'di colore tutte quelle belle cose: siete forse un mago?

— Siete voi piuttosto una fata benefica che colla vostra presenza mi date l'ispirazione.

E prima di andarsene le diceva:

— Ritornerete domani?

— Certo, — rispondeva Alba, — mi piace tanto vedere gli alberi e i monti uscire dalle vostre mani.

Un giorno il pittore la pregò di posare, e le fece il ritratto col cagnolino in braccio.

— Come sembro bella, — disse la fanciulla quando vide la sua immagine sulla tela; —io non sono così.

— Così siete ai miei occhi, —   disse il pittore.

— Vorrei avere i vostri occhi, — allora soggiunse Alba.

— Perché?

— Perché tutto il mondo mi apparirebbe più bello.

— Non è vero: voi siete cento volte più bella del ritratto, siete troppo modesta.

E tutti i giorni si lasciavano stringendosi la mano: e dicendosi

— Addio, bella fata.

— Addio, mago, a domani.

Ed Alba, dopo che era stata in riva al lago a chiacchierare col pittore, era così contenta che si metteva da sola a scoppiare dalle risa, tanto che i suoi genitori, non potendo comprendere quell'allegria, le dicevano:

— Ma che cos'hai, Alba?

— Com'è bella la vita! — rispondeva la fanciulla.

— Quando avrai sposato il principe, allora, sì, troverai bella la vita.

— Il principe non lo voglio, — diceva Alba facendosi malinconica: — se mi parlate del principe, vado via e non mi vedrete più.

Fulgenzio non poteva capire l'antipatia di Alba per il principe, ed un giorno disse alla moglie:

— Temo ci sia sotto qualche cosa.

— Lascia fare a me che la terrò d'occhio, — rispose Sofronia.

E così fece; una mattina la seguì di nascosto fino al lago, e scoperse che Alba, chiacchierava volentieri col pittore.

Quando la figlia tornò a casa sempre più allegra, non le disse nulla: ma il giorno appresso, mentre Alba era ancora a letto, scese in riva al lago e disse al pittore:

— Che cosa fate nei miei possedimenti?

— Dipingo, come vedete; — rispose.

— Vi ordino di lasciar subito questi luoghi, — disse Sofronia.

— Perchè? — chiese il pittore. — Che male vi faccio!

— Perchè sono io la padrona e non permetto che si dipinga nei miei possedimenti, — rispose.

— È che vorrei salutare prima una fanciulla che viene sempre a tenermi compagnia.

— La saluterò io per voi.

— E vorrei darle questo ritratto come ricordo.

— Glielo darò io.

Il pittore piangeva; ma quella non era casa sua, e doveva andarsene.

Intanto si portava via quei luoghi nei suoi quadri, e la fanciulla che gli si proibiva di salutare, gli stava dipinta nel cuore e nella mente e nessuno gliel'avrebbe potuta strappare.

Sofronia, quando vide il pittore disposto a partire su di una barchettina leggiera, tornò a casa, nascose il ritratto della figlia e non le disse nulla.

Alba andò come al solito alla riva del lago, e fu sorpresa di non vedere in distanza il pittore seduto al cavalletto.

—Dove sarà il nostro amico? — disse al cagnolino. Ma il cagnolino la guardò con occhi mesti, e non poteva risponderle.

Ella si guardò intorno, e vista in lontananza la barchettina che s'allontanava come un punto bruno, sul fondo del lago, capì che quel legno doveva portar lontano il suo amico, e le parve che un velo nero si stendesse sui bel lago azzurro.

Sapeva che un giorno o l'altro sarebbe partito, ma non avrebbe mai immaginato che egli potesse partire così, senza avvisarla, senza dirle una parola d'addio.

Come le pareva brutta la vita in quel momento! Prese in braccio il suo cagnolino e tornò lentamente a casa.

Quel giorno non ebbe voglia, nè di ridere, nè di mangiare; il giorno appresso ritornò come al solito al lago, e stette delle lunghe ore a fissare il punto lontano ove la barca era scomparsa.

E così fece tutti i giorni.

Non rideva più, diveniva sempre più pallida e magra.

— Che cos'hai? — le diceva il padre quando aveva tempo d'osservarla.

— Nulla.

— Perchè non ridi più?

— Perchè il mondo è brutto.

Un giorno ch'essa se ne stava come al solito in riva al lago, si rivolse al suo cagnolino e gli disse:

— Ti ricordi del pittore che faceva nascere sulla tela alberi e fiori? Ti ricordi come era gentile, e come ti accarezzava quando saltavi in mezzo ai pastelli, che mettevi in bocca per portarmeli? Ora quel cattivo s'è annoiato di noi, ed è andato a trovare altre fate e altri cagnolini. Di', vuoi che andiamo a raggiungerlo? — Sì? ebbene proviamo.

Staccò una grossa foglia di musa, vi si sdraiò come in un letto e si lasciò cadere lungo il pendio che scendeva al lago, adagio adagio, finchè sentì una piccola onda lambirle i piedi.

— Com'è fresca l'acqua! — disse al cagnolino, — come deve essere bello laggiù!

E si lasciò andare, avvolta e cullata dall'onde; chiuse gli occhi come in un sogno. L'acqua fresca le calmava la febbre, ed essa gridava:

— Avanti, com'è bello! avanti!

Poi sentì l'acqua salire su su, e avvolgerle lentamente il bel corpo come un freddo lenzuolo; e nelle orecchie udì un suono confuso e lontano, le pareva la voce dell'amico che la chiamasse.

Poi ebbe un brivido, le parve di scendere in un baratro, non sentì più nulla. L'acqua si richiuse increspandosi. Un raggio di sole si posò sul lago e sorrise alla fanciulla scomparsa.

A casa Fulgenzio e Sofronia erano seduti a tavola aspettando la figlia; ad ogni istante l'uno o l'altra andava alla finestra, sperando di vederla comparire, e poi si interrogavano inquieti collo sguardo.

— Dove sarà andata? — diceva Fulgenzio.

— Gira sempre per la campagna, si sarà forse smarrita, — rispondeva la moglie.

— Dio mio, che cosa sarà accaduto?

— Tornerà, tornerà, non ci sono pericoli.

Il tempo passava ed Alba non ritornava. Incominciarono allora ad essere sul serio inquieti.

— Bisogna mandar a vedere: — dissero tutti e due ad un tratto, e mandarono alcuni contadini e servi in diverse direzioni a cercare Alba; essi stettero ancora ad aspettare pieni d'ansietà. I minuti sembravano ore in quell'attesa senza frutto. Nessuno ritornava.

Ad un certo punto non potendo più restare immobili ad aspettare, uscirono.

La notte era buia e non si udivano che i vaghi rumori della campagna; di tratto in tratto, l'abbaiare di qualche cane lontano rompeva il silenzio.

— Sarà Alba, — dicevano; — vengono, vengono.

Ma poi i cani tacevano, tutto tornava in silenzio, e nessuno compariva.

Quando si erano scostati alquanto dalla casa, rifacevano i loro passi in attesa di qualche messaggio.

Finalmente Fulgenzio disse a Sofronia:

— Tu rimani: io vado, e ritornerò subito a dirti qualche cosa. — E s'avviò verso il lago.

Ad un certo punto vide un gruppo di persone incerte e silenziose, alle quali fece per avvicinarsi, ma fu fermato da una donna che gli disse:

— No, si fermi, non vada avanti, è meglio che ritorni a casa.

— No, voglio vedere. — E si cacciò innanzi facendosi un passaggio in mezzo a quella schiera di corpi umani che volevano sbarrargli la strada.

— Mia figlia! Mia figlia! — esclamò piangendo.

Stesa sull'erba, adagiata ancora sulla foglia della musa, giaceva Alba cogli occhi chiusi, calma come se dormisse. Un raggio di luna faceva risaltare il contorno del volto ed il colore dei capelli

— Quanto è bella! — dicevano tutti intorno a lei: — pare una santa. Dio sa che cosa è accaduto! Che disgrazia!

E guardavano rispettosi Fulgenzio, e aspettavano i suoi ordini.

Egli al primo momento era rimasto come impietrito, quasi che la realtà non potesse farsi strada nel suo cervello sconvolto.

— Dobbiamo portarla a casa? — gli chiesero.

— No, più tardi.

E pensò alla moglie che aspettava ansiosamente, e non aveva un'idea di quello che le avrebbe detto.

— Andate pure avanti: la porterò a casa io.

Ma nessuno aveva il coraggio di muoversi.

Egli compose con dei rami d'albero una specie di barella, vi adagiò sopra la figlia come in un letto, e aiutato da tre uomini si avviò lentamente verso casa.

Sofronia aspettava sempre; cento volte andò su e giù, avanti e indietro, dalla casa al cancello; avrebbe voluto non saper più nulla. Sentiva la sventura nel cuore, nell'aria, nel silenzio che la circondava; quando udì i passi che s'avvicinavano lenti, esitanti, lugubri, non ebbe il coraggio di muoversi; aveva timore di sapere, sarebbe stato sempre troppo presto.

— Se fosse una buona notizia correrebbero, — pensava, — spalancherebbero le porte; era meglio non saper nulla, e avrebbe voluto morire.

Il corteo si era avvicinato e la folla era rimasta in giardino: solo Fulgenzio ebbe il coraggio di mostrarsi sulla soglia. Sofronia lo guardò in volto, comprese tutto,gli si gettò fra le braccia piangendo, poi avvicinatasi al cadavere della figlia disse:

— Come è bella! essa almeno non soffre più, vorrei essere al suo posto!

****

Il lavoro continuava sempre febbrile nei possedimenti di Fulgenzio; il mulino girava veloce, la collina si sventrava per cedere i suoi marmi, l'oro si ammucchiava negli scrigni, ma egli non si curava più di nulla. Che cosa gli importavano le ricchezze, se non aveva più desiderio di goderle? Perchè, per chi, aveva, ammucchiato tutto quel danaro? Passava ore ed ore a contemplare, silenzioso, cogli occhi fissi il ritratto della figlia.

Colla moglie non parlava più: non si guardavano neppure in viso, temendo leggervi a vicenda u n rimprovero terribile.

Ognuno si sentiva colpevole di aver resa la figlia infelice, e trascinavano assieme la loro vita come una catena; guardavano nel cielo lontano, aspettando la morte che non voleva venire.

21

E tutta la ricchezza che li circondava sembrava un'irrisione.

Invidiavano il pittore che era partito portandosi nel cuore l'immagine di Alba, perchè almeno egli l'aveva amata bene, e non aveva il cuore dilaniato dal rimorso che li tormentava e avea loro tolta la pace.

MANSUETO.

A Mansueto non parea vero d'essere assoluto padrone di quei campi che si stendevano rigogliosi innanzi a sè, di quelle bestie rinchiuse nella stalla, e della bianca casetta, semplice e modesta, che gli sorrideva inghirlandata dalla vite del Canadà.

Fu con uno strappo al cuore e con le lagrime agli occhi che vide allontanarsi il padre; egli sentiva un forte amore per tutto quanto lo circondava, e non aveva potuto vederlo partire, senza sentirsi commosso. Ma fu cosa passeggera, e pensò tosto alla responsabilità che ormai gli incombeva, di far fruttare il suo patrimonio, di procacciarsi da vivere col proprio lavoro, e far delle economie per l'avvenire.

Egli non si lasciava mai cullare da sogni impossibili, nè pensava a ricchezze inverosimili come i suoi fratelli, e non poteva rimanere delle ore inoperoso a seguire un'idea; ma avea bisogno di adoperare la forza giovanile e la sua energia in una vita operosa.

Quella terra ch'egli si accingeva a coltivare con amore, gli avrebbe dato da vivere abbondantemente; sapeva che al di là del lago, che vedeva tremolare in distanza, e delle colline che lo circondavano, c'erano altri campi ed altri monti, ma quelli non gli parlavano al cuore; egli amava il cantuccio che lo aveva visto nascere, dove conosceva ogni pianta ed ogni sasso, e non lo avrebbe cambiato con un regno. Egli aveva sentito ripeter spesso l'adagio, che è ricco chi si contenta di quanto possiede; ed egli era ricco perché non desiderava nulla di più di quello che il padre partendo gli aveva affidato.

I prati dove si era sdraiato tante volte, il boschetto ombroso dove scorreva mormorando un ruscello, i campi arati, tutto, tutto egli osservava con un sentimento non mai provato, e con un amore intenso, dacché erano suoi. Non avrebbe mai lasciato ad altri la cura dei suoi campi; egli stesso voleva ararli, seminarli e raccoglierne le messi. Era forte, aveva già aiutato il padre ed i vicini nei lavori campestri, conosceva il modo di ingrassare un campo, di coltivarlo, per ricavarne il maggior frutto possibile, e a questo scopo voleva dirigere tutta la sua energia.

Il padre gli aveva lasciato un ragazzo, un contadino affinché potesse aiutarlo, ed egli cercò d'infondergli l'amore, che si sentiva prepotente nel cuore, per il lavoro e la terra che doveva nutrirlo. Ogni stagione avrebbe avuto le sue cure speciali, e nella diversità del lavoro avrebbe trovato un po' di riposo e di distrazione.

Com'era contento al mattino, quando attaccava i buoi all'aratro, e li spingeva sui campi, capovolgendo la terra, e seminando con un gesto largo i chicchi di grano!

E la sera, quando collo sguardo vedeva stesa, davanti a sé la linea dei campi arati di recente, che formavano un'immensa massa oscura in mezzo al verde dei prati, si compiaceva del lavoro fatto, e rientrava in casa cantarellando,contento di poter dopo la fatica, godere un meritato riposo.

L'inverno gli passava rapido come le altre stagioni, perché occupava molte ore nel bosco a tagliare i rami degli alberi, per procurarsi la legna, a curare le bestie, e quando vedeva lentamente scendere, a fiocchi la neve, e non poteva lavorare all'aperto, seduto accanto al fuoco intrecciava canestri, pensando che sotto quella neve germogliava il grano, che avrebbe veduto ai primi tepori della primavera uscire trasformato in foglioline verdi e sottili. E quando finalmente vedeva i campi verdi e fitti come il velluto, provava una grande soddisfazione d'esser riuscito a seminar così bene, quantunque ancor inesperto a quei lavori, e gli pareva d'aver compiuto un'opera immortale.

Passava da una gioia all'altra, quando vedeva i campi diventar biondi come l'oro, e le spiche curvarsi sotto il loro peso, e i giorni della falciatura, quando raccoglieva il frutto delle fatiche, eppoi altre semine, altre raccolte, e i bachi che nutriva, perchè cambiassero in fili di seta il loro nutrimento, e la vite che vedeva adornarsi di grappoli, e il mosto che si preparava da sè stesso, calpestando i grappoli nelle tine, e studiando il modo di farlo fermentare al punto giusto, per produrre un vino buono e generoso, e quando ci riusciva chiamava esultanti i vicini ad assaggiarlo, ed era tanto beato dei loro elogi, che diventava buono con tutti. Aiutava i poveri dando loro cibo e lavoro, e i compagni coll'opera e col consiglio.

I suoi campi erano i più verdi e i più fertili, e quando gliene domandavano la ragione, egli rispondeva sempre:

— È perchè voglio bene alla mia terra, e la coltivo con amore!

I poveri pastori che scendevano dalla montagna gli domandavano il permesso di far pascolare le bestie nei suoi prati, i più poveri gli chiedevano qualche fascio d'erba, o di legna, ed egli accordava tutto e diceva:

— Il Signore ha benedetta la mia terra. Mi dà più di quello che mi abbisogna, il superfluo è vostro, potete prenderlo.

Ma per impedire un'invasione di poveri su tutte le sue terre, aveva messo a loro disposizione un campo che costeggiava la strada maestra.

Fra gli altri scendeva sempre una fanciulla bella e vispa trascinandosi dietro una capretta, e gli domandava la grazia di un po' di nutrimento per la sua bestia. Essa era tanto sorridente che gli metteva allegria a guardarla, e si soffermava spesso a dirle qualche parola.

— D'onde vieni? — le chiese un giorno.

— Dalla collina, — rispose la fanciulla. Lassù la siccità ha distrutto l'erba, e morrei di fame colla mia capretta, se non foste così buono da permettermi di venir a pascolare nei vostri prati.

— E sei sola?

— Sola, dacchè è morta la nonna, colla quale vivevo.

— E come vivi?

— Lavoro nei campi quando qualcuno ha bisogno d'aiuto, altrimenti la mia capretta mi dà il latte, e mi basta.

— E sei così allegra?

— Finora ho avuto sempre da mangiare; spero che continuerà così anche in avvenire. Di giorno giro, e qualcuno provvede, la notte entro nella mia capanna e riposo.

— E l'inverno che cosa fai?

— Vado in qualche fattoria, e lavoro in cambio del mantenimento, per me e la mia bestia.

— Come ti chiami?

— Serena!

— Ebbene, Serena, quando hai bisogno di lavoro, vieni da me colla capretta, per te ce ne sarà sempre.

— Davvero? — esclamò la fanciulla colla faccia illuminata dalla gioia. — Ci verrò certo, ma poi non mi scaccerete via?

— Perché?

— Sono un po' sventata, qualche volta m'indugio a guardare gli uccelli che volano, o le formiche che si portano da mangiare nei loro buchi. Nessuno mi ha mai insegnato a lavorare, non so che ridere e cantare.

— Ebbene, la tua presenza mi metterà allegria, ed io lavorerò di più. Arrivederci.

— State tranquillo, ch'io verrò. Addio. — E con un fascio d'erba sul capo, colla funicella che legava la capretta, fra le mani, s'avviò verso la collina, col passo lesto e leggiero, sfiorando appena l'erba dei prati, e cantando una canzone gaia e campestre.

Mansueto la seguì collo sguardo per qualche minuto, poi riprese la zappa, e si rimise con maggior lena a smuovere la terra intorno ai tronchi delle piante. Egli sapeva interrompere la sua vita laboriosa con qualche passatempo, la domenica non lavorava mai e si soffermava a chiacchierare cogli amici sulla piazza della chiesa, oppure con una canna di bambù si fabbricava una specie di piva, colla quale imitava il canto degli uccelli. Sapeva trarre con quell'istrumento primitivo note tanto melodiose, che i suoi compagni, pieni d'ammirazione, si fermavano ad ascoltarlo, e Serena, quando scendeva la collina, lo ammirava estatica, nascosta, dietro un cespuglio, troppo timida per mostrarsi alla luce del sole. Se la vita di Mansueto sembrava tranquilla e lieta, non era però priva di qualche dolore. Quando egli vedeva nel cielo addensarsi i nuvoloni neri, forieri di tempeste, e minacciare i campi che promettevano messi abbondati, si sentiva un tale schianto al cuore, che gli pareva di soffocare; e stava, immobile guardando il cielo ed i campi, trepidante, invocando un soffio forte di vento, che ricacciasse lontano le nubi, e tremava, temendo che la bufera scoppiasse suile sue terre a distruggere il frutto di tanto amore e di tanto lavoro. E quando l'inevitabile avveniva, e il temporale scoppiava proprio sul suo capo, i lampi squarciavano il cielo, il tuono rimbombava intorno, vedeva scendere l'acqua a torrenti, e la terribile gragnuola bersagliare le sue messi, egli stava ritto in mezzo all'infuriare degli elementi, non avendo coraggio di rientrare in casa come se la sua presenza tenesse a rispetto la tempesta; e quando vedeva le bionde spiche piegare a terra, la campagna desolata, e dovunque l'orrore della devastazione, allora soltanto rientrava, e gettandosi sul letto dava in uno scoppio di pianto. Per molti giorni rimaneva oppresso e preoccupato, poi si accorgeva che il danno non era stato così grave come aveva da principio creduto, e lo spirito ritrovava un po' di sollievo e di calma nelle incessanti occupazioni che lo attendevano. Un fatto che in seguito venne a rattristarlo fu la scomparsa di Serena dai suoi possedimenti; egli s'era abituato a vederla spesso, a ridere e scherzare con lei, che si faceva sempre più bella e fiorente, e quando non scendeva la collina gli pareva che gli mancasse qualche cosa.

Da molti giorni non ne aveva notizie e pensava a lei costantemente, temeva che fosse ammalata, e si proponeva d'andarla a cercare salendo il monte. Quando un giorno la vide scendere con passo lento e affaticato, trascinando dietro di sè la capretta, e fissando lo sguardo in lontananza, tendendo l'orecchio, come se ascoltasse qualche suono lontano.

Era un bel mattino sul principio di primavera, i prati si coprivano di foglioline tenere d'un verde fresco e pallido, mentre qua e là qualche violetta usciva modesta tra le foglie. Gli alberi non davano ombra, ma i rami si vestivano di verde, e formavano dei disegni delicati sull'azzurro del cielo.

Di tratto in tratto un mandorlo o un pesco in fiore davano una nota gaia alla campagna che si ridestava dal sonno invernale, mentre le cime dei monti erano ancora ricoperte di neve.

Mansueto in un attimo fu vicino a Serena, e le disse:

— Ero inquieto per te. Perché non sei venuta più?

— Non so, — rispose la fanciulla.

— Non ti senti bene? Sei tanto mesta!

— Non ho nulla, sono molto stanca.

— E perchè ti sei fermata quassù?

— Per ascoltare gli uccelli; mi piacerebbe sapere quello che dicono. Sentite.

Infatti un allegro trillo d'uccello s'udì risuonare per l'aria. Subito dopo una voce più lontana e più timida rispose a quel trillo.

— Che cosa dicono? — chiese Serena.

— Si chiamano, — rispose Mansueto.

— Uno dice: " vieni vieni," e l'altro risponde: "aspetta, verrò poi. "

     — Oh, bello! — esclamò Serena. — Ma perché non va subito?

— Per farsi desiderare.

— E poi, riusciranno ad incontrarsi?

— Certo, hanno le ali e si raggiungono presto.

— Come mi piacerebbe avere le ali! - disse Serena.

— Perchè? — chiese Mansueto.

— Mi pare che la vita sarebbe più allegra, — rispose Serena, e sì dicendo fece per muoversi.

Mansueto le si era avvicinato, prendendola, per mano, per trattenerla. Ma essa n'ebbe un tale sgomento che si svincolò impetuosamente, scappò via come se avesse le ali, mentre Mansueto rimase sorpreso a guardarla, senza aver il coraggio di muoversi o di seguirla..

Dopo quell'avvenimento egli rimase molti giorni inquieto e turbato, temeva di averla offesa involontariamente, ed era ansioso di rivederla per fare la pace. Si sentiva triste e lavorava macchinalmente pensando a Serena, e aspettando sempre di vederla scendere il colle, coll'inseparabile capretta. Ma le settimane passavano ed essa non compariva.

Un giorno prese la risoluzione d'andarla a cercare sulla collina.

Era una domenica di maggio, e la natura tutta in festa. Dai nidi recenti uscivano canti e pispigli, i lauri in fiore profumavano l'aria, corone di rose inghirlandavano i balconi e i muricciuoli; un fremito di vita trascorreva lungo i tronchi e i rami delle piante, e pareva che penetrasse nelle fibre d'ogni animale vivente, che ne provava come un sussulto.

Mansueto salì la montagna lesto come un capriolo; provava un prepotente bisogno di veder Serena e d'ottenere da lei una spiegazione.

L'ultima volta l'aveva trovata trasformata; non era più così gracile e snella come una canna, che si piega ad ogni soffio di vento; ma si era fatta più donna e più robusta; e nel lampo degli occhi oscuri e profondi, aveva veduto l'immagine d'un pensiero che la preoccupava, e le aveva tolta l'ingenua allegria d'altri tempi.

Appena, vide in lontananza la capanna di Serena, si fermò sotto l'ombra d'un castano e colla sua piva incominciò ad intonare una lenta melodia, che saliva al cielo confusa al canto degli uccelli.

La capanna era chiusa, pareva una tomba, non un movimento intorno a lei, non un rumore ne usciva. Mansueto tenea gli occhi fissi su di essa, e intanto il suono della piva diventava più languido e mesto.

Tutto ad un tratto, vide in distanza, ondeggiar l'erba alta del prato, qualche cosa sollevarsi, e la testa di Serena apparire e sorgere dall'erba come un fiore vivente.

— Siete voi? - esclamò la fanciulla.

— Che cosa fai in mezzo all'erba? — disse Mansueto avvicinandosi.

— Mi riposo, sono tanto stanca.

— Perchè non vieni più a vedermi?

— Per farmi desiderare, come gli uccelli, me lo avete insegnato voi.

— Ma gli uccelli hanno già fatto il nido, non odi?

Infatti nella quiete della campagna si udiva un pispigliare di uccelli appena nati, dei piccoli gridi che parevano voci misteriose che uscissero dalle piante.

— E laggiù da me, — soggiunse Mansueto, — la campagna è ancor più popolata di nidi. Le farfalle si baciano nel calice dei fiori. Tutti si cercano, s'avvicinano. Perchè tu sola te ne stai qui lontana ed abbandonata?

— Chi mi prenderebbe? Sono così povera! dopo che mi avete insegnato a comprendere il linguaggio degli uccelli, non sono più sola, essi mi tengono compagnia.

— E perché non procureremmo anche noi d'imitarli? Non si potrebbe fare noi pure il nostro nido?

Le si era avvicinato strisciando sull'erba e le aveva mormorato queste parole a bassa voce. Serena lo guardò negli occhi sorpresa e disse:

— Davvero? Voi con me, povera meschina? Sarebbe troppa gioia! Ciò non può essere. Però non è bello burlarsi d'una povera fanciulla!

E due lagrimoni le velarono gli occhi, e le scesero sulle guancie, come rugiada sopra un fiore.

Mansueto avvicinò le labbra al volto della fanciulla e ne succhiò le lacrime. Essa a quell'atto comprese che il di lui affetto era sincero, e sorrise, quantunque gli occhi le luccicassero ancora per le lagrime recenti. Era bella col volto irradiato dalla felicità, e Mansueto avrebbe voluto prenderla tra le braccia, e portarsela a casa sua. Scostandosi da lui essa disse:

— Gli uccelli non fanno il nido in un solo giorno, e noi dobbiamo imitarli.

— È vero, — disse Mansueto, — ma bisogna far presto, la primavera è breve!

— Ogni giorno toglierò qualche cosa dalla mia capanna, e la porterò da voi, — disse Serena. — Poi quando non vi resterà più nulla, verrò con la mia capretta, e non ci lasceremo mai più. Non ci vorrà molto! Sono così povera!

— Ma, ti amo tanto! — disse Mansueto. — Non sai che quando udivo gli uccelli che si chiamavano tra loro, anch'io cercavo d'imitarli, e dalla mia bocca non usciva che un suono: Serena, Serena!

— Ed io che dovevo chiudermi le labbra, per non lasciar uscire il vostro nome, perchè mi pareva di peccare? E che quello che accade oggi, non dovesse mai accadere. Ma dite, è tutto vero, non è un sogno?

— Senti, sono un fantasma io? — e le strinse la mano così forte, che le fece dare un grido.

— Ma quando non sarete più qui, crederò d'aver sognato, sdraiata sull'erba, dove stavo ad ascoltare ciò che gl'insetti si dicono, e ciò che il vento sussurra alle piante. Tutti, tutti parlano ed hanno il loro linguaggio, e tutti dicono d'amarsi, non è vero?

— Facciamo presto il nido, che il tempo vola, ed i minuti della felicità sono preziosi.

Ma quando egli scomparve dietro il monte, Serena credette d'aver sognato, aveva però nel cuore una, gioia mai provata, era invasa dall'incanto che la circondava, quasi le parea che la primavera le trascorresse per la persona, come il succo vitale serpeggia pei rami delle piante; era una specie di rinascita, una trasformazione di tutto il suo essere. Se prima vegetava, ora sentiva la gioia di vivere, e là immobile sulla collina, fissava lo sguardo lontano, coni ansia aspettando. E l'atteso veniva tutti i giorni, e dimenticava le ore lassù; le parlava sempre, le si avvicinava carezzevole, non staccava gli occhi da lei.

A Serena pareva proprio d'esser cambiata in un uccello, d'avere le ali, e che quello ch'egli le diceva, non fossero parole, ma un canto, una musica soave, come quella della natura che la circondava. E venne il giorno in cui appoggiata al braccio di Mansueto, discese con lui la collina, seguita dalla fida capretta. Le campane suonavano a festa, e le fanciulle del villaggio salirono loro incontro colle mani piene di fiori. Gli uccelli pareva che cantassero più allegramente, ma essi non sentivano nulla, immersi nel loro sogno d'amore.

******

Il nido era divenuto più comodo e bello; di fuori, la casetta s'era inghirlandata di rose, come se vi fosse passata una fata benefica. Davanti, il giardino era ben coltivato e fiorito; internamente i mobili semplici erano disposti in modo comodo e aggradevole alla vista. Tutto era lucido e pulito. In un angolo c'era una culla di vimini morbida e soffice, che più d'ogni cosa, dava l'imagine del nido. E dopo poco tempo s'udirono dei vagiti uscire da quella culla che scendevano al cuore di Serena e Mansueto, come note melodiose; e procuravano di coglierne il significato, come avevano fatto un tempo col canto degli uccelli. Dopo pochi anni una nidiata di bimbi fui vista correre per la casa,devastare il giardino, ed empire l'aria di grida e risate. Serena e Mansueto se ne compiacevano, e dall'aumento della famiglia acquistavano nuova lena al lavoro. Lavoravano assieme, e l'opera non riusciva, punto pesante, perchè diventavano sempre più robusti e temprati alla fatica. Per ogni figliuolo che nasceva Mansueto comperava qualche campicello, e seguendo l'esempio del padre, calcolava di formare per ognuno un piccolo patrimonio.

Ebbe cinque maschi, ed una bambina, che era l'adorazione di tutti. I più piccini passavano la giornata giocando, i più grandicelli erano già di qualche aiuto ai genitori, pascolando le bestie, oppure occupandosi dei lavori campestri. Variavano le occupazioni col mutare dei raccolti. Quando si falciava il fieno era un'allegria vedere quei bimbi saltare e far capriole sui mucchi di fieno odoroso. Quando spannocchiavano il grano, era una festa e liberavano le pannocchie dorate dal loro involucro, canterellando allegramente, poi si rotolavano ridendo sulle foglie secche. E i genitori si compiacevano di vederli crescere così vispi e laboriosi. Di tutto godevano perchè avevano la forza e la salute,e il lavoro non riusciva ad essi una fatica, ma una distrazione.

Il loro mondo era concentrato nella cerchia delle verdi colline che cingevano i loro campi, e quando Mansueto guardava al di là di quel confine, dove sapeva esserci tutto un mondo, che si arrabatta per possedere ricchezze effimere, che s'affatica per dei vani onori, che logora la salute in cerca di piaceri,che procurano amarezze; li compiangeva e si persuadeva ch'egli aveva trovato il lato vero e piacevole della vita. Anche i figli imparavano ad accontentarsi di quanto possedevano e a non guardare al di là dei loro monti.

Però quell'esistenza tranquilla e serena non era scevra di nubi; quando veniva la tempesta a devastare i campi arati, era una tristezza per tutti; poi non mancavano altri incidenti spiacevoli: un bimbo che ammala, una pecora che cade in un burrone, e così via. Ma sopportavano tutto con rassegnazione essendo uniti in un sol pensiero e amandosi reciprocamente.

Serena, non era più la fanciulla svelta, che saltellava sui monti, come un capriuolo. S'era fatta una bella donna, dalla faccia sempre ridente, dai movimenti calmi, e sorrideva ai figliuoli, che volevano correre, muoversi, divertirsi.

Essi andavano al mercato per vedere tanta gente, non mancavano mai alle feste del villaggio, e quando la sera d'estate danzavano sull'aia, si sentivano allegri e contenti, come fossero padroni del mondo.

D'inverno facevano cuocere le castagne sotto la cenere, si divertivano ad ascoltare i vecchi, che raccontavano le storie del tempo passato.

— Perchè non abbiamo anche noi in casa lui vecchio? — diceva Rosa, la figlia piccina. — Sarebbe così divertente! ci racconterebbe tante storie, e c'insegnerebbe tante cose che non sappiamo.

— Sarebbe troppo bello! — diceva Celso, il figlio maggiore.

E scuotevano il capo, quando qualcuno diceva loro ch'erano felici, e non avevano nulla a desiderare.

— Sì, che desideravano qualche cosa, — essi rispondevano, cioè un bel vecchio colla barba bianca, che tenesse sulle ginocchia i più piccini, e accarezzasse le teste dei più grandi! E parlasse di paesi lontani e di popoli sconosciuti!

Questo desiderio era quasi una fissazione in quella famiglia, e quando qualche vecchio pastore scendeva dalla montagna, e s'adagiava sull'erba, pascolando le pecore, quei bambini gli si sedevano intorno tempestandolo di domande. Poi gli portavano da mangiare, e lo invitavano a casa loro, ma non riuscivano a trattenerlo, egli ringraziando ritornava ai suoi monti.

Un giorno d'autunno, mentre Mansueto e Serena erano occupati a ritirare il raccolto nel granaio, e a prepararsi per la fredda stagione che si avanzava a gran passi, i bimbi che si trastullavano a gettar sassolini in un fossato, a rincorrersi, e a spogliare le viti degli ultimi chicchi dimenticati dai vendemmiatori, videro in distanza salire la collina con passo stanco, soffermandosi ad ogni istante per pigliar fiato, un vecchio colla barba bianca, e la chioma fluente. Egli s'avviava verso la loro casa, ed essi sospesero i giochi per osservarlo.

— Viene proprio da noi! — disse Celso.

— Fosse vero! — esclamò Rosa. — È il vecchio da me veduto tante volte in sogno! Così colla barba bianca! Come sono contenta!

— E viene davvero! — disse il ragazzo. — Da questa parte non vi sono altre case.

— Poveretto, come fatica! Porta in spalla una bisaccia! Corri, Celso, a prendergliela, tu che sei forte — disse Rosa.

E Celso non se lo fece dire due volte. E in pochi passi si trovò vicino allo sconosciuto.

— Bravo giovanotto! — disse il vecchio. — Liberami da questo peso, così arriverò più presto!

Poi gli chiese:

— Il padrone di quella casa si chiama Mansueto, non è vero?

— Sì, è il babbo.

— Come, sei suo figlio?

E il vecchio lo guardò in volto con tenerezza,e voleva quasi abbracciarlo, ma poi riprese:

— Dimmi, siete contenti lassù?

— E perchè non si dovrebbe, esserlo? Abbiamo abbastanza da vivere, e siamo sempre allegri. Una cosa sola ci manca.

— Quale?

— Un vecchio colla barba bianca come voi! L'abbiamo tanto desiderato! Se volete venire!

— Ma i vecchi, sono tristi, sai!

— Ma sanno tante cose! Il babbo dice sempre che bisogna amare e rispettare quelli che hanno tanto vissuto.

— E mi accoglierà bene tuo padre? — disse il vecchio colla faccia illuminata da un pensiero lieto.

— Vi riceverà come una benedizione del cielo!

— Andiamo, presto! - disse il vecchio, ed il suo passo s'era fatto più rapido e leggero; pareva quasi che la notizia datagli dal fanciullo lo avesse ringiovanito di dieci anni. Ben presto raggiunsero gli altri che gli furono intorno a festeggiarlo, e circondato da Quella nidiata di vispi fanciulli, giunse alla casetta bianca, che sorrideva illuminata da un raggio di sole.

Serena e Mansueto uscirono, udendo il rumore dei bimbi festanti, e quando Mansueto vide in mezzo a loro il vecchio dall'aspetto venerando, riconobbe al lampo degli occhi colui che lo aveva educato da fanciullo, e che aveva sempre scolpito nel cuore.

— Padre! - disse. E si gettò commosso nelle di lui braccia.

Quando il vecchio Eraldo fu seduto comodamente nella stanza dove si soleva radunare la famiglia di Mansueto, dovette rimanere qualche minuto senza parlare, perchè la gioia era stata così grande che gli aveva tolto il fiato.

Ma, appena potè riaversi disse:

— Mi pare un sogno di ritrovarti così bello e contento con questa allegra corona intorno a te!

E diede un'occhiata ai bimbi.

— Se tu sapessi quanta tristezza regna dai tuoi fratelli; ne ho ancora il cuore tanto addolorato, che soltanto in mezzo a voi potrò provare un po' di sollievo! Qui ho trovato il compenso di tutti i miei dolori, e sento che potrò almeno chiuder gli occhi tranquillo.

— Non parliamo di melanconie, tu devi restar con noi per molti anni! — dissero tutti in coro.

— Speriamo! — rispose il vecchio.

— E i tuoi viaggi? — chiese Mansueto.

— Ne ritorno stanco e disilluso. Speravo di trovar un popolo felice, ma.... invano. Sia il governo buono o cattivo, tutti si lagnano; tutti vorrebbero regnare, e nessuno è contento del proprio stato! Speravo di trovare un uomo sincero. Ne trovai uno solo, che amava la verità, e aveva il coraggio di dirla, ma egli era fuggito da tutti come se fosse appestato, perché a questo mondo ognuno vuol essere ingannato. Beati voi che siete vissuti lontani dal mondo corrotto e dalla società, in questo luogo tranquillo dove regna la pace.

Durante il discorso del vecchio i bimbi gli si erano posti intorno, i più piccini gli tiravano la barba, i più grandi pendevano dalle sue labbra, e lo guardavano estatici. Serena e Mansueto erano lieti, perchè ad essi pareva che la benedizione del cielo fosse entrata nella loro casa.

Il vecchio Eraldo abbracciava tutti collo sguardo; sorrideva sembrandogli d'essere ringiovanito, e pensava che qualche volta l'uomo è molto sciocco. Va lontano a cercare la felicità, quando può procurarsela ovunque, purché abbia gusti semplici, e sappia amare ed apprezzare le cose che lo circondano.

IL MONTE DEI MIRACOLI

NOVELLA INDIANA.

In una vasta regione dell'India regnava molti secoli fa il re Ramun, il quale era tanto bizzarro, prepotente e crudele che spargeva il terrore in tutto il suo popolo. Egli prediligeva gli elefanti, che manteneva con cibi prelibati e ai quali usava tante cure come se fossero principi.
Uno era bianco come la neve; l'altro nero come il carbone.
Quando il re era di buon umore, saliva sull'elefante bianco e usciva a passeggiare per la città, e benchè tutti tremassero al suo passaggio, pure eran soliti prostrarsi fino a terra senza fuggire.
Ma quando il popolo lo vedeva avanzarsi sull'elefante nero (ciò che significava ch'egli era di pessimo umore) tutti scappavano al suo avvicinarsi; le porte e le finestre si chiudevano e la città si cambiava in un vero deserto. E che in quei giorni guai se incontrava un essere vivente! era tanto irritato con tutto il genere umano che quando s'imbatteva in qualche persona la faceva prendere dai suoi soldati e gettare in mare, oppure abbruciar viva o calpestare dal suo elefante; non risparmiava nè donne nè fanciulli e potevano ancora dirsi fortunati quelli che venivano cacciati in una prigione o in una cella nella torre del palazzo.
Quando il furore s'impossessava di lui la sua ferocia non aveva limiti. Una volta che vide una folla di gente fuggire d'innanzi all'elefante nero e cercar rifugio in un tempio, ordinò che fosse dato fuoco a quel tempio e quando lo vide in fiamme e udì le grida di quelli che vi si erano rifugiati, il suo volto s'illuminò di gioia crudele. Una sola persona aveva qualche volta il potere di calmare l'ira di quel feroce e questa era la sua figlia, Luce di sole, una bella fanciulla dai capelli d'oro, la pelle candida, trasparente, lucida come alabastro e gli occhi che alcune volte mandavano scintille, ed altre, volte erano così supplichevoli e buoni che commovevano fino nel più profondo dell'anima.
Quando vedeva l'elefante nero preparato per uscire essa era sempre pronta a presentarsi al padre per tentare tutti i mezzi di trattenerlo in casa; lo pregava, lo supplicava, gettandoglisi ai piedi, lo guardava cogli occhi tristi ed eloquenti, ma non sempre riusciva nel suo intento.
Essa avrebbe dato la vita perchè il padre fosse giusto e buono come il suo bisavolo, il buon re Calimano, di cui tutti narravano la bontà e la giustizia e che era scomparso in un modo alquanto misterioso. Un giorno essendo andato a caccia in una vasta foresta non fu più veduto ritornare indietro, quelli del seguito dissero che essendo scoppiato un forte temporale egli era scomparso in mezzo ad una nube; altri credevano che fosse stato incenerito da un fulmine, ed altri ancora affermarono che le bestie feroci l'avevano divorato. Fatto sta che era scomparso e il cadavere fu cercato invano; non fu possibile trovarlo, e quando i suoi seguaci ritornarono alla reggia a portare la funesta notizia il lutto fu generale, perchè ognuno era convinto che non avrebbero mai avuto un re migliore.
Soltanto i santi che scendevano ogni anno dal Monte dei Miracoli a celebrare la festa della Primavera, affermavano che il buon re Calimano non era, morto e sarebbe ricomparso quando i delitti dei suoi successori avessero passato la misura ed il cielo per intercessione d'un'anima innocente si fosse mosso a pietà.
I santi ripetevano tutti gli anni la medesima promessa; il popolo sperava in segreto che tal prodigio si realizzasse, non osando manifestare ad alta voce quella speranza per timore della vendetta del feroce Ramun, il quale alle parole dei santi crollava il capo dicendo che ci voleva ben altro per far rivivere un uomo ch'era scomparso da quasi cent'anni.
Accanto al palazzo del re sorgeva il palazzo del principe Nadir, figlio d'un fratello di Ramun, il quale era molto odiato dallo zio per il sospetto che volesse rubargli il trono, e invece aveva tutta la

protezione e la simpatia di Luce di sole che lo amava ardentemente e avrebbe desiderato divenire sua sposa.

Nadir, pel timore d'incontrarsi con Ramun, non usciva mai dal suo giardino ove si divertiva a coglier fiori, e ad ascoltare il canto degli uccelli che cercava d'imitare colla voce bella e melodiosa. Nella sua vita triste e solitaria aveva una grande consolazione, ed era di veder spesso la principessa Luce di sole scendere in giardino, per intrattenersi con lui in giochi piacevoli ed innocenti.

In quei giorni gli pareva che il giardino s'illuminasse d'un nuovo splendore e si sentiva tanto lieto e felice come se fosse padrone dell'universo.

Egli si divertiva ad intrecciare corone di fiori che metteva sul capo della bella fanciulla e spesso fabbricava colle sue mani vesti e manti tessuti coi fiori più belli e più odorosi e si compiaceva di avvolgerli intorno alla cugina dicendole:

— Eccoti trasformata nella dea dei fiori.

Poi si metteva in ginocchio per adorarla.

Essa invece si sdraiava spesso sopra un sedile formato di erbe sottili e morbide come il velluto, e gli diceva:

— Canta, Nadir.

Ed egli cantava gorgheggiando come l'usignuolo e il suo canto saliva al cielo assieme al profumo dei fiori, e Luce di sole inebbriata ripeteva:

— Ancora, ancora, Nadir. Che delizia, che sogno! Vedi, vorrei addormentarmi in mezzo a quest'incanto e non risvegliarmi più mai.

Un giorno stava appunto nel giardino inseguendo assieme a Nadir una farfalla dalle ali d'oro quando udì presso il cancello un rumore e s'accorse che il Re si preparava a salire sull'elefante nero. Essa uscì dal giardino e s'avvicinò al padre in atto di preghiera.

— Re possente, — disse, gettandosi ai piedi di lui. — Perchè uscire mentre intorno a noi é così bella la primavera?

— Scostati, — rispose Ramun con una voce forte che fece tremare gli alberi del giardino, — scostati se non vuoi essere calpestata dai piedi dell'elefante.

Essa s'indugiò prostrata sperando che il padre venisse a miglior consiglio, e quasi il piede della bestia enorme stava per alzarsi e schiacciarle il capo, quando Nadir che s'accorse del pericolo, le fu vicino in un lampo, la prese fra le braccia e la strappò da quel luogo pericoloso.

— Chi ardisce toccare mia figlia? — disse Ramun, dando un'occhiata feroce a Nadir. — Quel giovane sia tosto preso e rinchiuso nella torre più alta del mio palazzo, — ordinò alle guardie.

E mentre il barbaro comando veniva eseguito, egli, salito sull'elefante, s'avviò verso il centro della città portando la desolazione lungo il suo passaggio.

Quando Luce di sole ebbe udito l'ordine del padre si aggrappò così fortemente a Nadir, che dovettero separarli a viva forza, e nella lotta i capelli della principessa si sciolsero e cadde svenuta. Nadir fu lieto nel vedere che un capello di Luce di sole lungo lungo, sottile e morbido come la seta e lucido come l'oro, era rimasto attaccato all'anello che portava sempre in dito e poteva così avere nella prigione il conforto di possedere qualche cosa che aveva appartenuto alla bella fanciulla.

Egli venne rinchiuso in una piccola cella nella torre del palazzo dove non poteva vedere che il cielo da un pertugio, e ne provò tanto dolore che avrebbe voluto morire, se non avesse pensato a Luce di sole e al modo di farle avere sue notizie.

Prima di tutto incominciò a cantare; ma a quell'altezza nessuno lo udiva, venivano soltanto gli uccelli a svolazzare intorno alla torre. Però aveva il presentimento che la cugina pensasse a lui e non cessasse di guardare la sua prigione. Aspettò la notte per non farsi scorgere e pensò di servirsi del capello che non cessava mai di contemplare, per mandarle un messaggio; fortunatamente era lungo, lungo e risplendente, vi attaccò il suo anello e lo fece scendere dalla finestra adagio,tenendone un capo in mano.

Luce di sole, rinvenuta dallo svenimento, stette tutta la giornata piangendo ai piedi della torre, dove sapeva che avevano rinchiuso il principe Nadir, e pensava al modo di soccorrerlo. Vedendo che non dava nessun segno di vita temeva da principio che l'avessero ucciso, ma poi vide gli uccelli che giravano intorno alla torre, comprese ch'erano attratti dal prigioniero e avrebbe voluto aver anch'essa le ali per poter recargli conforto.

Il sole era tramontato e la notte incominciava a farsi buja, quando lo sguardo di lei fu colpito dalla vista d'un filo luminoso che scendeva dalla torre. Il cuore le palpitò di gioia, e aspettò che il filo venisse ad un punto dove potesse prenderlo colle mani.

Il filo, quantunque lungo, non toccava il suolo. Essa non si sgomentò, trovò una scala, vi salì senza esitare, prese in mano quella cosa lucente che vedea scendere dalla finestra, e riconobbe uno dei suoi capelli e l'anello di Nadir: fu sorpresa e contenta del gentile messaggio; staccò l'anello e se lo mise in dito, tenne per molto tempo in mano il filo sottile, e scuotendolo leggermente disse tante cose alla mano che lo teneva dall'altro lato. Era tutto un linguaggio muto, ma Nadir riuscì a comprenderlo benissimo.

— Coraggio! — gli disse, — non temere, penso a salvarti, — e diede una scossettina al capello che volea dire: a rivederci.

— Tin tin, - rispose Nadir, e tirò a sè il capello, che Luce di sole aveva abbandonato dopo avervi attaccato un fiore.

Essa aveva già, nella testa il suo disegno e a costo di arrischiare la vita voleva salvare Nadir, rinchiuso nella torre per causa sua; perciò decise d'aspettare il tempo propizio per mettersi all'opera.

Tutte le sere il filo luminoso scendeva dalla finestra della torre, ed era preso dalle manine di Luce di sole,e i due giovani attraverso quel filo si comunicavano i loro pensieri.

Una sera Nadir, nel tirare a sè il filo prezioso, lo sentì più pesante del solito, e vi trovò legata una foglia di magnolia, sulla quale, al lume della luna, potè leggere le seguenti parole:
"Luce di sole all'amico Nadir.
"Se per qualche giorno Luce di sole non verrà ai piedi della torre, Nadir non tema. Luce di sole dovrà andare lontano per preparare la sua salvezza; Nadir pensi a Luce di sole, come Luce di sole pensa a Nadir. "
Nadir appena ebbe decifrato quel profumato messaggio divenne mesto all'idea di non avere più il conforto di comunicare colla sua amica; e temendo che dovesse andare incontro a pericoli, si rivolse al cielo invocando per lei la protezione degli esseri superiori che dirigono l'universo.

Tutte le volte che Luce di sole avea implorato pietà per Nadir, il re si era sempre irritato, quindi pensò di salvarlo con altri mezzi. Un giorno che vide il padre sull'elefante bianco, gli si avvicinò per chiedergli una grazia.

— Tutto ti concedo, — le disse il re, — tranne la liberazione del principe Nadir.

— Non oserei più chiederla dopo tanti rifiuti, — rispose la fanciulla; — soltanto vorrei che mi si concedesse una scorta per salire la Montagna dei Miracoli.

— Non sai a quali pericoli potresti andare incontro?

— Non ho fatto male a nessuno e non ho paura.

— E a che scopo vuoi salire quella montagna?

— Per cercarvi il frutto dell'immortalità e della sapienza.

— Tu credi a tali chimere?

— Lasciami andare, — disse la principessa, e gli rivolse uno sguardo tanto supplichevole, che il re non poté negarle quanto desiderava.

Essa sapeva benissimo a quali pericoli si esponeva; aveva udito parlare molte volte di persone che, avevano tentata la salita di quel monte, e non erano più ritornate indietro. Ne avea spesso chiesto notizie ai santi e ai bramini che scendevano ogni anno ad inaugurare la festa della Primavera, e le avevano risposto che solo potevano salire il monte gli esseri veramente buoni, quelli che avevano la grazia divina; gli altri erano destinati a girare intorno al monte per tutta la vita, senza poterlo salire e senza poter uscirne mai più, e dopo aver aspirato invano ad una meta inaccessibile morivano disperati. Luce di sole era piena di fede nel successo della sua impresa, aveva sempre aspirato a salire il Monte dei Miracoli, vi si sentiva spinta da una forza quasi superiore, che la speranza di salvare Nadir aveva centuplicata. Ormai era destino; doveva andare.

Sapeva che la scorta, concessale dal padre non poteva condurla che alle falde del monte e dopo era costretta a continuare sola la strada; ma avea coraggio, e si trattava di salvare Nadir, sicché affrettava con ansia la partenza. La scorta si componeva d'un gran numero di guerrieri vestiti di bianco colle lance d'argento che scintillavano mandando lampi ai raggi del sole di dieci elefanti bianchi colle gualdrappe d'argento, ricamate di diamanti e di perle, sopra gli elefanti v'erano delle torri imbottite di stoffe e adorne di pietre preziose con soffici sedili, che dovevano servire per la principessa Luce di sole, e per le sue schiave, e dietro, doveva esser seguita da una quantità di carri coi viveri, e da tutto il necessario per un lungo viaggio.

Quando tutto fu pronto, Luce di sole andò a salutare il padre che quasi era pentito del permesso che le avea dato e disse alle persone del seguito:

— Se non riconducete salva, mia figlia, ne va della vostra vita..

Poi si prostrarono tutti fino a terra, compresa la principessa, in segno di saluto, e si misero in cammino.

Cammina, cammina, andarono avanti per molti giorni senza nessun incidente spiacevole, ad un certo punto arrivarono ad una foresta popolata da bestie feroci che, mandavano ruggiti così forti da far tremare la terra.

Un leone si fece avanti come se volesse dire: — Di qua non si passa. — E subito fu colpito dalle freccie dei seguaci della principessa. Ad un secondo toccò la medesima sorte, e così ad un terzo, finché gli altri, vedendo che quegli uomini erano più forti di loro, si ritrassero e li lasciarono passare senza più molestarli.

Cammina, cammina, cammina, il corteo si vide sbarrare la strada da un lago.

Bisognava passarlo, perchè il Monte dei Miracoli si trovava al di là, eppure non v'era ponte nè barca. Tutti si guardarono in faccia, non sapendo che cosa fare, e la principessa incominciò a temere di non poter raggiungere la meta sospirata.

Stettero incerti un giorno ed una notte, qualcuno parlava di tornare indietro; ma la principessa diceva che voleva proseguire a costo di passare il lago a nuoto, quando vide in distanza qualche cosa di bianco che si avanzava verso di lei, una cosa che prima pareva un fiocco di neve, ma mano mano che s'avvicinava prendeva la forma d'un uccello, finchè divenne un cigno grandissimo, come la principessa non ne aveva mai veduto.

— Ecco chi mi porterà dall'altra parte, — esclamò battendo le mani dalla contentezza.

— Ma noi, e gli elefanti? — dissero le persone del seguito.

— Voi accampatevi qui ad aspettare il mio ritorno, — ordinò Luce di sole, — sono io che devo salire il monte.

Tutta quella gente si guardò incerta su quello che dovesse fare, ma intanto la principessa rapida come il baleno saltò sul cigno, ne circondò il collo flessuoso colle braccia delicate, appoggiò il capo sulla testa di lui con atto grazioso, e il cigno si diresse nuotando maestosamente verso l'opposta riva, mentre i seguaci stavano estatici a seguire cogli occhi la loro signora, che si dileguava in lontananza.

Il cigno la portò ai piedi del Monte dei Miracoli. Ma qui un'altra difficoltà si presentò alla principessa.

Il monte la cui cima luminosa in distanza pareva una stella che si staccasse dal cielo, era tutt'intorno avvolto in una fitta nebbia, tanto nera e densa che non lasciava scoprire alcun sentiero; e l'avventurarsi in mezzo a quell'oscurità, senza conoscere la strada, avrebbe messo spavento anche nel cuore dei più coraggiosi.

Luce di sole si fermò un momento incerta, e il suo sguardo si posò sopra una pietra, dove vide scritto con parole di fuoco:

VOI CHE CERCATE LA LUCE: BADATE DI NON PERDERVI FRA LE TENEBRE.

Era un avvertimento del cielo? Doveva proseguire o retrocedere? Volse il pensiero a Nadir che era prigioniero nella torre, si sentì animata da nuovo coraggio ed affrontò senza esitare l'oscurità.

Appena ebbe fatti pochi passi vide come un bagliore risplendere sul suo capo, in modo che distingueva se qualche sasso le ingombrasse la via, quantunque non riuscisse a scoprire il sentiero che doveva condurre sul monte. Alzò il capo per vedere donde veniva quel bagliore e s'accorse che erano i suoi capelli dorati che illuminavano l'oscurità; fatta quella scoperta, li sciolse e li lasciò cadere sulle spalle, tanto che si vide tutto ad un tratto avvolta in un nembo di luce. La strada che la circondava ne era illuminata; e al bagliore delle sue chiome fluenti trovò senza fatica il sentiero, e andò su su per la montagna, attraverso la nebbia, con passo lesto. Mano mano che saliva diventava più leggera, e le pareva che i suoi capelli si facessero più luminosi, e saliva su su spinta dal desiderio d'arrivare, tanto che le pareva d'esser portata in alto da una forza superiore; e quanto più saliva, la nebbia che le aveva tolto la vista del monte, s'andava diradando, e già vedeva la cima luminosa risplendere come un faro immenso in mezzo all'oscurità.

Quello splendore era ancora lontano, ma Luce di sole saliva lesta e leggera come se avesse le ali, quando udì una musica deliziosa echeggiare per l'aria e si sentì avvolta in un nembo di profumi; più ascendeva e più le melodie si facevano distinte e l'aria era più imbalsamata di profumi. Prima di toccare la cima dovette attraversare un bosco, in cui sopra alberi fioriti ed odorosi si posavano uccelli rari, colle ali dipinte dei più vaghi colori dell'iride, che gorgheggiavano tanto soavemente, che Luce di sole dovette sostare per ascoltarli. Si fermò soltanto pochi minuti, spinta dal desiderio di andar sempre più in alto, e quando il bosco s'aperse alfine sulla cima del monte, nuove meraviglie la fecero rimanere estatica. Sopra il monte v'era un immenso spazio di cui non si vedevano i confini che si dileguavano nell'orizzonte. In quello spiazzo v'erano parecchi edifizii, uno più maestoso dell'altro, e in mezzo un tempio grandissimo colle mura di diaspro e le colonne formate da cristallo di rocca sfaccettato, più scintillanti del diamante, e co'minareti coperti d'oro. Il tutto era illuminato dall'alto da un immenso faro che rifrangeva i raggi sugli archi e sulle colonne, che mandavano bagliori indescrivibili.

Davanti al tempio vide una lunga scalea, dalla quale scendeva una processione di santi e bramini vestiti di bianco coi turbanti adorni di pietre preziose, che scuotevano turiboli di profumi. S'avanzavano salmodiando ad incontrare la principessa, che, collo sfondo del bosco, col vento che le sollevava i capelli d'oro, sembrava un'apparizione del cielo.

Appena Luce di sole vide la processione si gettò a terra implorando perdono.

— Siate la benvenuta, — disse uno dei bramini, — chi giunge fino a noi è un favorito del cielo.

Quindi la sollevò e la pose in mezzo a loro per condurla nel tempio che pure era pieno di luce, di canti e di profumi. Essa era stordita e non sapeva in che mondo fosse; le fecero bere alcune gocce di liquore che doveva ristorarla dalle fatiche della lunga via, e la invitarono a sdraiarsi sopra un divano morbido, formato di penne di struzzo, perché potesse riposarsi prima d'esser presentata al gran santo, che le rivelerebbe i misteri del Monte dei Miracoli.

Essa s'addormentò tranquilla; il liquore che aveva bevuto sembrò averle affinato i sensi, tanto che le pareva di udire la voce di Nadir che la chiamasse dalla sua cella, e quei suoni che sentiva intorno a sè le parevano voci lontane, di persone conosciute. Il suo cuore era tanto calmo che in mezzo a quella gente ignota si sentiva sicura e tranquilla, come un bambino nelle braccia della mamma. All'alba fu svegliata da un suono che si ripercosse su tutti i minareti del tempio, in tutti gli echi del monte; trovò pronto un bagno profumato, e ricche vesti per abbigliarsi, poi, accompagnata da alcuni sacerdoti, volle fare un giro per ricrearsi in quel luogo delizioso.

Vide piante dalle forme bizzarre, fiori con petali immensi, dei quali uno solo sarebbe bastato per vestire un essere umano; poi quelli che l'accompagnavano le mostrarono l'albero della scienza, che dava il sapere a quanti si cibavano dei suoi frutti, quello dell'ebbrezza e quello del sonno, e tante altre piante, i cui frutti avevano virtù meravigliose. In mezzo al bosco v'era l'albero dei cent'anni, ma di quello le avrebbe spiegato il mistero il santo supremo.

— E quando potrò vederlo, questo santo? — chiese Luce di sole.

— Ecco la processione che s'avanza per accompagnarvi, — dissero i bramini.

Infatti si vedeva in distanza una lunga schiera di santi vestiti di bianco che s'avanzavano con atteggiamenti diversi. La principessa interrogò collo sguardo quelli che l'accompagnavano per sapere il significato di tali atteggiamenti. Dissero:

— Quelli che danzano e cantano hanno gustato il frutto dell'albero dell'ebbrezza, quelli che s'avanzano a passo lento si cibarono del frutto della sapienza, e quelli che vedi sorridere così contenti si sono nutriti del frutto dell'albero della salute.

Luce di sole si trovò circondata da quella processione e sentì una forza che la spinse a seguirla. Camminarono per un po' di tempo in quel giardino incantato finchè giunsero davanti ad una porta d'oro che si spalancò al loro passaggio e penetrarono in un vasto tempio che avea la vôlta azzurra e trasparente come il cielo, seminata di punti luminosi che parevano stelle.

In mezzo al tempio, seduto sopra un trono, stava un vecchio dall'aspetto venerando, colla barba bianca che risplendeva come fosse d'argento.

— Gloria al santo, al nostro faro di luce! — cantarono tutti, prostrandosi fino a terra.

Luce di sole, rimasta per un momento muta ed attonita, cadde ai piedi di lui implorando pietà.

Il santo aperse le braccia dicendo:

— Accostati, figlia mia, sii la benvenuta, e i voleri del cielo si compiano. Che cosa cerchi?

— Pace e giustizia, — disse Luce di sole.

— E giustizia avrai, — dissero in coro i santi e i bramini.

Quindi il gran santo la prese per mano, e le disse quello che tutti aspettavano da lei spiegandole il mistero dell'albero dei cent'anni.

Quella pianta cresceva nel bosco e dava un unico frutto ogni cent'anni, che aveva la virtù di sospendere la vita in una persona eletta dal cielo in modo che poteva dormire cent'anni; e poi un altro frutto della medesima pianta aveva il potere di risvegliarla sana e robusta come quando si era addormentata. Ora, cent'anni prima, il miracolo s'era operato a favore del re Calimano designato dal cielo, perchè buono e giusto, e dai bramini era stato rapito, condotto sul Monte dei Miracoli e addormentato, poi lasciato come sacro retaggio a lui dal suo antecessore.

— Ora, — disse il vecchio, — un altro frutto è maturato sull'albero dei cent'anni, e servirà per risvegliare il re Calimano; non si aspettava che la venuta d'una fanciulla innocente degna di assistere ad un simile prodigio.

La principessa era sorpresa.

— Dunque vive ancora il mio bisnonno, il re Calimano? — disse. — Dov'è? fate che venga a redimere il mio paese.

— Venite con me, — disse il santo, — io vi condurrò, e voi sarete la prima persona che assisterà al suo risveglio.

Così dicendo si mosse e le fece attraversare una fila di sale colle porte che si aprivano e si chiudevano in silenzio man mano che passavano, finchè giunsero in una camera tutta coperta di tappeti così morbidi, che i piedi vi si affondavano senza fare il minimo rumore. Dalla vôlta pendeva una lampada velata che spargeva nella stanza una luce tranquilla. In mezzo, adagiato sopra un vasto letto coperto di stoffe ricamate, stava il re Calimano, pallido, cogli occhi chiusi; intorno a lui v'erano dodici bramini.... incaricati di bagnargli ogni ora le labbra con un liquore per tenerlo in vita, ogni mese si cambiavano e quelli che avessero dimenticato il loro ufficio erano puniti colla morte.

Luce di sole, al vedere il corpo quasi inanimato del re Calimano, suo avo, che avea sentito tanto lodare per la sua bontà, nel trovarsi in quella stanza cupa e silenziosa, si sentì commossa, e s'inginocchiò accanto al letto piangendo.

— Coraggio, — le disse il santo, — fra pochi minuti egli sarà altrettanto vivo quanto noi.

Poi trasse dalla veste un frutto della forma d'un dattero e ne spremette il succo nella bocca del re Calimano, e ordinò ai bramini di dare il segnale del grande avvenimento. S'udirono tutto ad un tratto suoni ed inni che andavano al cielo, la finestra si aperse come per incanto, e un'onda di luce penetrò nella stanza tranquilla ed inondò il letto del dormiente.

Il re Calimano incominciò a scuotersi e a far qualche movimento, poi aperse gli occhi e si guardò intorno trasognato.

Dopo aver osservato la stanza e fissato in volto le persone che lo circondavano in atto rispettoso, il suo sguardo si fermò sulla faccia di Luce di sole e mormorò con una voce fioca e con un sorriso sulle labbra:

— Irandol!

Gli astanti si guardarono in faccia sorpresi.

— Era la mia bisavola, — disse Luce di sole, — la moglie del re Calimano.

— Irandol! — ripetè il re, e stese le mani per accarezzare la fanciulla.

— Irandol é morta, — disse, — io sono Luce di sole, la nipote di Irandol.

Il re chinò il capo quasi piangendo, e poi chiese:

— E Sarib dov'è?

— Sarib, il ministro! — disse il santo, — è morto.

— E Nala, il mio valoroso generale?

—Morto anche lui.

— Perchè mi avete fatto rivivere se tutti son morti? — disse il re Calimano, coprendosi colle mani la faccia, — voglio morire.

— Dovete vivere, — disse il santo, per far risorgere nel vostro regno la giustizia. Riposatevi ora, domani vi metterete in cammino con Luce di sole, il vostro popolo vi aspetta.

Per quel giorno e la notte lo lasciarono tranquillo, facendogli servire un pasto copioso perché ristorasse le forze e si preparasse ancora alle lotte della vita.

Il giorno dopo lo fecero adagiare in una lettiga, e un lungo corteo si mise in cammino per scendere la montagna e accompagnare il re e la principessa. Ai piedi della montagna trovarono sul lago delle navi colle vele bianche preparate a riceverli. Era stabilito che il re Calimano facesse un lungo giro nel suo regno, prima d'arrivare alla reggia a farsi riconoscere dal suo popolo. Intanto i bramini e i santi avrebbero sparsa la notizia del prodigio avvenuto.

Egli parlava poco e si guardava intorno, non conoscendo più nè i luoghi nè le persone; soltanto accarezzava sempre Luce di sole chiamandola spesso Irandol perché gli rammentava la moglie che aveva amato tanto e che gli avevano detto esser morta.

Alcuni bramini lo accompagnavano, e gli davano spiegazione di tutto quello che vedeva.

Una notte che era stanco arrivò in una bellissima città dove non si vedevano che palazzi grandiosi e gente ben vestita che si divertiva.

— Dove siamo? — chiese Calimano.

— Nella città della ricchezza, — disse un bramino, — gli abitanti sono tutti generali, visir e ministri dello Stato, che si sono arricchiti col danaro del popolo.

— Ai miei tempi non si faceva così, — disse il re, con un sospiro. — Allontaniamoci subito da questa gente perversa.

Dopo qualche giorno approdarono in un'isola, la quale era popolata quasi tutta di donne che corsero incontro ai nuovi arrivati col sorriso sulle labbra, e tutte in festa. Il re Calimano domandò che cosa significasse quella popolazione femminile.

— Sono le vedove, — disse il sacerdote, — che invece di abbruciarsi come un tempo sul medesimo rogo dei loro mariti, mettono un simulacro in loro vece, e fuggono in quest'isola dove sono certe di trovare compagne, e quando arriva qualche straniero lo festeggiano, sperando di trovare in lui un nuovo marito.

— E devo essere vissuto tanti anni per assistere a simili sacrilegi! — disse Calimano. — Dov'è andato l'amore coniugale? dove è la fede antica? Andiamo avanti.

E così camminarono molto tempo, ma il re vedeva troppe cose che non gli piacevano, gli uomini erano più sapienti, ma il loro cuore era diventato perverso. Ognuno pensava a sè e l'egoismo regnava in tutti.

Intanto la notizia della risurrezione di Calimano era giunta fino al re Ramun, il quale tremava dalla paura che si vendicasse di tutto il male che aveva fatto, e purchè gli lasciasse la vita, era rassegnato a perdere il regno. Il popolo era impaziente di liberarsi dal giogo del re crudele e già insorgeva e si preparava ad incontrare il re risorto e a fargli festa.

Lungo la strada, Luce di sole aveva trovato il corteggio che aveva lasciato alla riva del lago dei Miracoli,che si unì a quello del re Calimano, e fecero l'ingresso trionfale in città.

Quando giunsero alle porte si videro venire incontro il re Ramun sull'elefante bianco, ma colla testa bassa e tanto avvilito che non era più riconoscibile. Luce di sole pregò Calimano di esser generoso e perdonare a Ramun.

— Hai molto peccato, ma il cielo è clemente, — disse, — e non ti sarà fatto alcun male a patto che tu faccia uccidere l'elefante nero che è sempre stato una bestia di cattivo augurio.

Ramun promise di ubbidire per aver salva la vita. Poi il primo pensiero di Luce di sole fu di liberare Nadir che presentò al re Calimano come lo sposo eletto dal suo cuore.

— Ebbene, sposatevi e regnate, - disse il re Calimano, — se tu sei il ritratto di mia moglie, egli è quello del mio figlio prediletto, a voi cedo il regno, ed io mi ritirerò nella foresta dei ricordi, dove gli alberi furono piantati dalle mie mani, e sebbene cresciuti li riconosco come vecchi amici; la, c'è la casa dove vissi felice, colla mia Irandol, e benchè diroccata mi rammenta ancora il tempo passato. Il mondo pensa troppo diversamente da me e non lo capisco più, mi par troppo brutto e voglio fuggirlo. E voi, disse rivolto ai nipoti, — quando avrete bisogno di consiglio, venite a trovare il vecchio ed infelice re Calimano.

Il re Ramun, che, perduto il potere, comprese quanto era stato cattivo, si ritirò a finire la vita nell'isola del Pentimento.

Nadir, lieto e felice di poter sposare Luce di sole, appena fu re, per consiglio di Calimano, ordinò che si facesse sradicare la pianta dei cent'anni, riguardando come un triste dono la vita quando si sopravvive a tutte le cose che si sono amate.

E Nadir e Luce di sole vissero per molti anni felici e contenti; ebbero molti figli, ma da quel tempo ebbero fine i miracoli.

Avete mai udito parlare del regno di Ninfete? La sua storia si perde nella notte dei tempi. Ma è certo che quel regno si sarebbe potuto riguardare come il Paradiso terrestre.

Vi regnava perenne la primavera: il terreno era fertile e dava abbondanti raccolti, il popolo viveva tranquillo e contento di ciò che possedeva, e per giunta era governato da un re tanto buono e clemente che non si curava che del benessere dei suoi sudditi.

Però la tranquillità del regno era turbata da un fatto misterioso e sconosciuto, che teneva tutti nel massimo orgasmo. Continuamente scomparivano persone giovani e belle; non si sapeva per quale ragione, ma non tornavano più indietro.

Il fatto succedeva quasi sempre in questo modo: giovani spensierati passeggiando per le vie andavamo in un giardino fiorito, attratti dal profumo di mille fiori, o seguendo le farfalle, od altri animaletti innocenti, e si smarrivano tutt'ad un tratto in una specie di labirinto dal quale non potevano uscire.

Che cosa avvenisse di quei giovani nessuno poteva immaginare: si facevano diverse supposizioni e si narravano leggende. Taluno affermava che nel centro del giardino viveva un mostro che si cibava di carne umana; altri che vi era un luogo che faceva degli incantesimi; si parlava di pazzi e di belve; ma in conclusione non si sapeva nulla di preciso.

Intanto i genitori tremavano per i figli, i fratelli per le sorelle, gli sposi per le spose, e il re per tutti i suoi sudditi, al punto che avrebbe dato la vita e le proprie ricchezze per liberare il regno da un simile flagello.

Aveva spesso fatto affiggere un bando promettendo onori e ricompense a chi fosse riuscito a liberare il paese dai misteri del Giardino incantato (nome che tutti davano al luogo fatale). Molti coraggiosi avevano tentato di penetratavi con armi e cavalli, ma erano scomparsi senza lasciare alcuna traccia. In ogni via, in ogni piazza v'erano scritti che proibivano di avvicinarsi al luogo pericoloso; ma se i vecchi stavano in guardia e se ne tenevano lontani, i giovani, colla spensieratezza della loro età, non curanti del pericolo, non ascoltavano avvertimenti, e si trovavano quasi senza accorgersi nel giardino incantato, d'onde non potevano più uscire, ed ogni giorno c'erano persone costrette a piangere la scomparsa d'un congiunto o di un amico.

In quel regno viveva Erasmo, giovane bello e forte che aveva studiato la sapienza sui vecchi libri, ed era tanto saggio che gli uomini andavano a consultarlo nelle loro incertezze, e le fanciulle sospiravano per lui ed avrebbero desiderato sposarlo. Ma egli a tutti preferiva Ausania., la più bella fanciulla del regno, così che al suo mostrarsi uomini e bestie si fermavano estatici ad ammirarla. Quando la gente li vedeva insieme passeggiare per la città, soleva dire:

— Egli è saggio, ed essa è bella: ecco due esseri che un giorno saranno padroni del mondo.

Una volta Erasmo disse ad Ausania:

— Prima di sposarti vorrei entrare nel giardino incantato ed uccidere il mostro che vi sta chiuso.

La fanciulla a quelle parole divenne pallida come una morta, e gli disse con uno sguardo supplichevole:

— Non farlo, amico, te ne prego: non vedi che nessuno è mai tornato da quel luogo fatale?

— Io prenderò le mie precauzioni, — rispose rassicurandola, — sento che se riesco, questa vittoria mi porterà fortuna; pensa che cruccio continuo sarebbe aver figliuoli e temere sempre per la loro vita.

— Se ti perdo, io non ti potrò sopravvivere.

— Io sono deciso, — soggiunse il giovane, — se non riesco a liberare il regno da quel flagello, non sarà mai detto che io mi sposi.

— Quand'è così, ti sarò compagna nella difficile impresa, — disse Ausania.

— E se ci accade qualche sventura?

— La sopporteremo con coraggio, perchè saremo uniti.

Decisero dunque di tentare la sorte. Ma Erasmo non voleva affrettarsi, prima volea prendere dei provvedimenti; egli diceva che bisognava far la guerra armati, e mettersi in viaggio ben equipaggiati, e intanto non dovevano dire nulla a nessuno per non vedere faccie malinconiche, e non essere sconsigliati dal seguire il loro impulso generoso.

Erasmo aveva la sua idea; a furia di studiare aveva scoperto il mezzo di rinchiudere tutte le forze occulte della natura in una cassetta, da potersi tenere in tasca: era pure riuscito a raccogliere in piccole boccette una gran quantità di succhi vitali, che potevano servire di nutrimento per parecchi mesi: prima di mettersi in cammino voleva provvedere molti succhi vitali e terminare la macchina destinata a portare lo scompiglio nel mondo.

Lavorò indefessamente per molti mesi e appena la macchina fu pronta prese per mano Ausania, e pieni di speranza e di coraggio lasciarono amici e parenti, si avviarono al giardino incantato senza esitare e senza versare una lacrima.

Tutto era ridente intorno a loro; camminavano sopra verdi tappeti morbidi come il velluto, e avevano davanti alberi odorosi e cespugli fioriti: un vero incanto.

Camminarono per molto tempo, sempre in mezzo ai fiori, all'ombra delle piante, avvolti da un nembo in profumi. Ad un certo punto Ausania si fermò.

— Perchè t'indugi? — le chiese Erasmo.

— Ho paura, torniamo indietro, — e la fanciulla si volse, tentò di ritornare sui suoi passi; ma diventò pallida e tremante quando s'accorse che ogni sentiero era scomparso. La strada era sbarrata da alte siepi di fiori, che tentò di scuotere, ma erano solide e resistenti come se fossero di ferro. Essa, si fermò scoraggiata.

— È inutile, — disse Erasmo, — dobbiamo andare avanti: guarda che cosa, dicono i fiori.

Infatti sopra un verde prato Ausania vide scritto con parole formate dai fiorellini bianchi:

"Pensaci prima e non pentirti poi."

— Credevo di avere più coraggio, — essa disse; — nel vedermi qui così imprigionata, mi trema il cuore.

— Non vedi che è una prigione di fiori? Fàtti coraggio, ho in tasca chiusa, una forza colla quale potremo affrontare qualunque pericolo.

— E se un potere occulto ci separasse, che cosa sarebbe di me? — mormorò la fanciulla.

— Non temere, — rispose Erasmo; — eccoti un piccolo disco il quale è attaccato alla mia cassetta con un filo sottile, quasi invisibile; con questo potrai sempre comunicare con me anche se fossi lontano. Esso ti servirà per parlarmi e chiedermi quello che desideri; col suo mezzo ti potrò dare una luce per vedere attraverso il corpo umano, ed una forza per uccidere cento uomini.

— Ma questa è una magia, — esclamò Ausania meravigliata: — sei dunque un mago?

— No, amica mia, fu la scienza che mi aiutò a combinare un simile arnese; perciò fatti coraggio, e pensa che se una forza superiore ci divide, saremo sempre legati da questo filo sottile, ma potente.

Poi le diede due bottiglie piccine piccine, dicendole:

— Quando sentirai venir meno il tuo coraggio, bevi qualche goccia del liquore che sta chiuso nella boccetta dov'è scritto: Forza, e ti sentirai un coraggio da leone. Quando avrai bisogno di nutrimento bevi una goccia di quella ove è scritto: Vita, e ti troverai più forte: ma non lasciarti tentare dai cibi che forse ti verranno offerti; perché questo giardino dev'essere pieno di agguati e pericoli e guai a chi non sa evitarli!

— Tu sai tante cose, e parli così bene che mi hai infuso coraggio, — disse Ausania, —andiamo pure avanti.

E tenendosi per mano proseguirono la loro via, sempre attraversando prati verdi in mezzo a siepi fiorite che appena passati, si richiudevano dietro di loro, e formavano una specie di labirinto dal quale pareva impossibile uscire.

Dinanzi a loro svolazzavamo farfalle dalle ali variopinte, che parevano invitarli a proseguire; Ausania si divertiva a seguirle: avrebbe voluto prenderle quando si posavano su qualche fiore; ma non si lasciavano acchiappare, e avanti avanti trascinarono i due giovani ad un punto, ove in distanza si scorgeva un castello nero, nero, colle torri merlate, le porte di ferro ed intorno un largo fossato, sul quale un grosso albero curvo colle radici al di qua del fosso e i rami davanti alla porta del castello, formava un ponte strano e fantastico.

Il sole volgeva al tramonto: i giovani si sentivano gli occhi gravi dal sonno, e spinti da una forza superiore alla loro volontà, si sdraiarono su un prato fiorito dove si addormentarono quasi senza accorgersene.

La mattina quando apersero gli occhi furono dolorosamente sorpresi di trovarsi uno separato dall'altra.

Erasmo, al trovarsi privo della fida compagna, credette essere caduto in un abisso profondo e la chiamò ad alta voce, ma nessuno rispose: Ausania rimase impietrita dallo spavento quando si trovò in una sala del castello, di quel castello lugubre e nero, che aveva veduto il giorno prima apparirle davanti agli occhi.

Le era sembrato durante il sonno di sentirsi trascinare con una specie d'uncino su su per il tronco dell'albero che serviva da ponte, ma aveva creduto di sognare. Il risveglio fra quelle quattro mura, lontana dati Erasmo, fu terribile.

Quando le sue idee divennero più chiare rammentò l'oggetto che teneva attaccato al filo, e che nascondeva sul cuore: e sussultò di gioia nel trovarlo al medesimo posto: lo portò alla bocca e chiamò Erasmo.

Il cuore le diede un balzo, sentendo la voce del suo amico che le rispondeva come se non fossero divisi da quella tetra muraglia:

— Ausania, dove sei?

— Nel castello, vieni.

— Non posso.

— Aiutami, ho paura.

— Coraggio, non temere, chiamami quando sarai in pericolo: sarò pronto ad ogni tuo cenno.

Egli avrebbe voluto entrare nel castello, ma l'albero che durante la notte aveva servito da ponte, s'era rialzato come per incanto; e i rami ritti ed immobili s'innalzavano al cielo a guisa di spettri; aveva però il conforto di comunicare con Ausania, di saperla viva, e stava lì come affascinato, senza poter staccar gli occhi da quelle mura, che le servivano di prigione.

Ausania., appena potè distinguere gli oggetti che la circondavano, si guardò intorno e vide accanto a sè tre fanciulle che dormivano ancora, ma facevano dei movimenti come fossero sul punto di svegliarsi. Una era vestita di bianco, l'altra di rosa, la terza di colore azzurro. Erano giovani e belle, perciò Ausania non ebbe alcun timore, ma timida per natura, cercò un posto ove nascondersi, e poter osservare senza essere scoperta; vide in un angolo buio della sala una ragnatela che andava dal suolo alla vôlta: adagio adagio la staccò dal muro da un lato, e vi si nascose dietro, in modo da restar velata in un bellissimo posto d'osservazione.

Dopo qualche tempo vide le tre fanciulle risvegliarsi e guardar attorno sorridendo:

— Dove siamo? — disse allegramente la bianca.

— Certo in un castello incantato, — rispose quella vestita di rosa.

— Che piacere se venisse un principe a sposarci, come nei racconti delle fate! — aggiunse quella che aveva l'abito azzurro; — il male è che non ci potrebbe sposare tutte.

— E allora?

— Bisognerebbe combattere come i cavalieri antichi, e il principe sposerebbe la vincitrice.

E tutte tre scoppiarono in una sonora risata. Poi si raccontarono le avventure del giorno prima; erano andate a passeggio parlando di giuochi e adornamenti, correndo dietro alle farfalle e cogliendo fiori, s'eran trovate in quel giardino inconsapevolmente, poi erano state colte da un sonno prepotente, s'erano addormentate e risvegliate come per incanto dentro le mura del castello. E ridevano per l'avventura, da vere fanciulle spensierate.

— Ho fame, — disse la ragazza in bianco.

— Mi piacerebbe trovare una tavola imbandita come nei castelli delle fate, — soggiunse quella vestita di rosa.

— Io mi contenterei del principe, — disse la terza.

E non avevano ancora profferite quelle parole che videro entrare due capre bianche che tiravano un carrettino, sul quale c'era una quantità di vivande da far venire l'acquolina in bocca alla persona meno golosa.

— Guarda,— dissero tutte unite le fanciulle, — come i nostri desideri sono esauditi, siamo proprio nella dimora delle fate. E come sono generose! guarda che bel pasticcio; pare un monumento! e questi pattini pieni di prosciutto! ecco una bella torta: che gioia!

E tutte contente tolsero dal carrettino cartocci di dolci, aranci, canditi, focaccie e bottiglie di sciroppo e liquori deliziosi.

Appena il carrettino fu vuoto le caprette se n'andarono misteriosamente come erano venute, e quelle fanciulle allegre e spensierate cominciarono a mangiare e bere chiacchierando vivacemente, contente degli avvenimenti meravigliosi che un giorno speravano raccontare agli amici.

Ausania, nascosta nel suo angolo, si sentiva voglia di prendere parte alla festa, ma, rammentando le parole di Erasmo di non mangiare o bere di quello che le venisse offerto, e si contentò di alcune goccie delle boccette dei succhi vitali.

Fu ben lieta di non essersi lasciata tentare a mangiare o uscire dal nascondiglio, dal quale dovette assistere ad uno spettacolo tanto raccapricciante, che sarebbe morta dallo spavento se non avesse potuto bere qualche goccia di liquore dalla boccetta sulla quale era, scritto forza, che le diede il coraggio di sopportare la scena orribile che si svolse davanti a suoi occhi.

Dopo che quelle fanciulle ebbero ben mangiato, si misero a cantare, a ballare a far capriole; tanto che parevano pazze; poi tutt'ad un tratto piombarono in terra, colte da un sonno profondo, quasi letargico.

Poco dopo Ausania vide entrare nella stanza un uomo alto, magro, colla barba e i capelli neri, lo sguardo feroce che aveva l'aspetto di un selvaggio; era seguito da tre uomini più giovani, ai quali parlava come il maestro fa coi discepoli.

— Eccone altre tre cadute in trappola, — disse guardando le fanciulle addormentate: — spero che finalmente i nostri esperimenti riusciranno a farci scoprire la verità.

— Ma non erano quattro le fanciulle? — disse uno dei giovani timidamente.

— Così pareva anche a me, — disse l'uomo dalla barba nera, e diede un'occhiata intorno alla stanza.

Ausania si sentiva morire, ed il cuore le battè sì forte come volesse scoppiare: stava già per essere scoperta, quando uno dei discepoli, quello che aveva l'aspetto più mite e simpatico, disse:

— Ieri sera voi, mio principe, eravate così stanco che forse non avete contato bene.

— Può darsi, - rispose l'uomo nero, — del resto per oggi abbiamo abbastanza lavoro, se l'altra è entrata nel castello non ci sfuggirà certo.

Detto questo sollevò una delle fanciulle che dormivano, quella vestita di bianco, e la posò supina sopra la tavola, che stava in mezzo alla stanza, le slacciò in fretta colla mano la veste, prese un coltello affilato e le aperse il seno.

La fanciulla diede un gemito, poi non s'udì più nulla. Il principe nero stava collo sguardo intento sopra di lei, volendo scrutare qualche cosa in quelle carni ancora palpitanti.

— Non ha quasi cuore, — disse.

— E le altre sono della stessa specie, — disse il giovane più mite. — Non si potrebbe risparmiarle?

— A che servirebbe? — rispose il principe, — a mantenere delle bocche inutili; e poi che cosa importa distruggere una persona, quando scoperto il segreto della vita, potremo fabbricarne a nostro piacere? La guerra non ne distrugge di più, inutilmente? Noi lo facciamo almeno per uno scopo santo: per amore della scienza.

Sì dicendo prese la fanciulla vestita di rosa, e col medesimo coltello le aperse il seno come alla compagna, e le squarciò il cuore; e lo stesso fece con quella vestita d'azzurro.

— Sono sciocchine e spensierate, — disse: — al mondo non avrebbero fatto nulla di buono: seppellitele nel giardino nel posto prescelto: almeno nutriranno dei fiori, e speriamo che saranno belli e odorosi.

I tre giovani si caricarono ognuno il corpo di una fanciulla sulle spalle, e uscirono seguiti dall'uomo nero; ma Ausania s'accorse che il giovane più simpatico aveva gli occhi pieni di lagrime.

Rimase per qualche istante esterrefatta, pensando all'orribile scena a cui aveva assistito, e giurò in cuor suo che non si sarebbe più ripetuta.

A costo della vita voleva salvare tante vittime innocenti che cadevano nelle mani del principe nero.

Dopo aver bevuta quasi tutta la boccetta del liquore che le aveva dato Erasmo si sentì invasa da tanto coraggio da poter affrontare non uno, ma cento uomini neri.

Parlò a lungo coll'amico, dal quale implorò aiuto e consiglio, ed egli attraverso il filo sottile le diede istruzioni sul da farsi; tanto che ella stette tranquilla ad attendere gli avvenimenti, e nella notte potè concedersi un po' di riposo.

La mattina dopo,quando aperse gli occhi, trovò presso di sè tre persone addormentate come il giorno innanzi; soltanto una era una ragazzina di dodici anni, un'altra una fanciulla di venti,e la terza una donna di età più matura.

Aspettò che si destassero, e poi uscì dal nascondiglio e con voce melodiosa disse loro:

— Chi siete? In che modo siete venute in questo luogo?

La bimba le raccontò che aveva seguito un coniglio bianco che l'aveva condotta nel giardino, e, non sapeva come, si era poi trovata in quella stanza.

La fanciulla disse che passeggiava col fidanzato facendo progetti per l'avvenire, quando tutt'ad un tratto si trovò divisa da lui,poi cadde addormentata inconsapevolmente, e si destò nel castello.

La donna più matura raccontò che avendo perduta la figlia che amava più di sè stessa, era venuta volontariamente a cercarla, o a seguirne la sorte.

— E una sorte crudele hanno quelli che si smarriscono in questo giardino, — disse Ausania, e raccontò la scena alla quale aveva assistito.

La bimba a quel racconto diede in uno scoppio di pianto, la giovine divenne pallida, come una morta, la madre pensando alla figlia si sentì stringere il cuore, ma rimase calma.

— Volete, aiutarmi a liberare il paese da un simile mostro? — Ve Io prometto se mi obbedirete.

Intanto era entrato come al solito il carrettino pieno di viveri.

— Guai se assaggiate la più piccola cosa! - disse Ausania. — Lì dentro c'è un veleno che vi addormenta in maniera che l'uomo nero può facilmente impadronirsi di voi.

— Ho fame, — disse la bimba.

— Prendi questo, — e Ausania le fece bere alcune goccie del liquore della vita; quindi prese i cibi del carrettino e li gettò dalla finestra, mentre le caprette scomparivano d'onde erano venute.

Più tardi udirono un rumore presso alla porta.

— Coraggio, — disse Ausania alle compagne, e gettò attraverso alla soglia, il filo comunicante colla macchinetta d'Erasmo.

L'uomo nero entrò seguito dai tre discepoli, calpestò il filo, e tutti sentirono una scossa nella persona che li sorprese ,ma quando l'uomo nero s'accorse che le donne nella stanza non erano addormentate, divenne pallido come un morto e disse:

— Che fate qui?

— Fermati, — gli gridò Ausania.

— Chi sei tu, che ardisci sfidarmi nella mia casa?

— Mi chiamo la Giustizia, e devi rendermi conto di ciò che hai fatto di tante fanciulle innocenti.

— Studio il loro cuore per scoprire il segreto della vita; è il mio ufficio.

— Chi sei dunque?

— Io sono il principe nero, e questo è il mio regno.

— E c'è bisogno di uccidere? — chiese Ausonia.

— È il solo mezzo per poter leggere i misteri del cuore.

— Non è vero, — disse la fanciulla: — io lo posso fare, senza uccidere.

— Saresti più forte di me, — disse l'uomo nero: — insegnami il tuo segreto e ti concedo la vita.

— Però devi promettermi di non uccidere più mai, — disse Ausania.

— Sì, lo prometto, ma se menti, mi vendicherò e la mia vendetta sarà terribile.

— Ebbene, — disse Ausania,ti mostrerò quanto sangue hai sparso inutilmente. — Ordinò ai tre discepoli di chiudere le finestre, poi prese per mano la bimba, le accostò al petto la macchinetta d'Erasmo, dicendo:

— Voglio luce.

E da quel disco si sprigionò una luce intensa che rese il corpo della bimba quasi trasparente in modo da poter distinguere il duplice movimento del cuore per spingere il sangue nelle vene, e leggere nell'interno del corpo come in un libro aperto.

Il principe nero stava estatico a contemplare quello spettacolo, e disse:

— È un cuore innocente.

Poi rivoltosi ad Ausania soggiunse:

— Ancora, ancora, voglio vederne un altro.

Ed essa accostò il disco luminoso sul petto della fanciulla che l'uomo nero trovò vibrante e pieno d'amore, e quando venne la volta della donna rimasero muti, perchè lessero in quel cuore accasciato e stanco, tanto dolore che n'ebbero un'immensa pietà.

— M'inchino al tuo sapere, — disse il principe nero ad Ausania, — riconosco che sei più forte di me, — e le fissò in volto gli occhi con un'espressione che la fece impallidire. Poi avvicinandosele soggiunse con voce carezzevole:

— Tutto farò quello che vorrai, io sarò il tuo schiavo, ma tu devi esser mia; sarai regina, ma non sarà mai detto ch'io ti lasci uscire dal mio regno.

Ausania a quelle parole provò come un colpo al cuore, ma ebbe la forza di non mostrarsi impaurita e di rispondere con voce calma e tranquilla.

— Mi sottometterò ai tuoi voleri, ma prima voglio scrutare il tuo cuore.

— Lo troverai pieno d'amore per te, ecco, — e sì dicendo l'uomo nero le presentò il seno.

Ausania fece un cenno ad Erasmo e volse al cielo la preghiera, di poter riuscire nella sua impresa.

Poi avvicinò il disco al cuore dell'uomo nero; si vide un lampo abbagliante, s'udì un rumore che fece tremare il castello e il principe cadde a terra come se fosse colpito dal fulmine.

— Che avvenne? — chiesero i discepoli esterrefatti.

— Il mostro è caduto, — disse Ausania, —il cielo lo ha punito delle sue colpe.

Essi, sorpresi di tanta potenza, ebbero timore per la loro vita e si gettarono ai piedi di Ausania domandando pietà; dissero ch'erano vittime del principe nero, che anch'essi erano stati attratti dal giardino incantato e per aver salva la vita erano stati costretti a divenire suoi complici.

— Vi perdono, — disse Ausania, — a patto che c'insegniate ad uscire da questo luogo fatale.

Essi non si fecero ripetere quella preghiera e col il mezzo d'un congegno meccanico piegarono l'albero che stava ritto dall'altra parte del fosso e si trasformò in un ponte sospeso per il quale passarono tutti insieme. Le donne non sapevano trovar parole per ringraziare Ausania d'averle salvate da una morte orribile e gli uomini erano pieni d'ammirazione.

Passato il ponte trovarono in giardino Erasmo che li attendeva con impazienza e venne loro incontro col volto raggiante dalla gioia.

— Che cosa sono questi fiori? — disse Ausania soffermandosi davanti a siepi di fiori strani e mai veduti.

Ve n'erano di tutte le tinte: bianchi come la neve, rossi, rosei, di color cupo quasi nero, ma il più meraviglioso era il vederli rizzarsi sul gambo con un'espressione quasi umana, con macchie che parevano occhi e la bocca aperta come per dir qualche cosa.

— Qui sono sepolti i corpi delle fanciulle uccise, — dissero i giovani, — i fiori bianchi sono l'emblema dei cuori innocenti, quelli rossi sorsero dai cuori innamorati, e quelli scuri sono nutriti dal dolore. Osservate quante sfumature in questi fiori?

Ausania e le tre donne salvate da lei rimasero mute e meste davanti a quella fioritura umana, incerte se dovessero cogliere quei fiori, oppure adorarli.

— È meglio lasciarli fiorire e che possano ricevere il bacio del sole, forse soffrirebbero ad esser strappati dallo stelo, — disse Ausania.

— Ma come si fa ad uscire da questo labirinto? — chiese Erasmo ai giovani che servivano loro di guida.

— Aspettate, — e fatta scattare una molla caddero come, per incanto alcune siepi di fiori artificiali poste ad arte per togliere la possibilità di uscire a quelli che entravano.

Un bel sentiero, senza impedimento alcuno, videro aperto davanti ai loro passi, e per esso uscirono dal giardino con tutta facilità.

Appena si seppe nel regno la notizia delle loro avventure e l'uccisione del mostro che menava strage nel giardino incantato, tutti andarono loro incontro a festeggiarli, e il re li volle ospitare nel suo palazzo,li colmò di onori e ricchezze e furono portati in trionfo.

Erasmo fu riguardato come il genio della scienza, ed Ausania, come la regina della bellezza, e tutti e due vennero lodati pel loro coraggio. Ma essi poco si curarono degli onori; felici e contenti di aver liberato il paese dall'incubo che l'opprimeva non pensavano che di godersi la vita. fra la gioia e la pace.

Il castello del principe nero fu fatto radere al suolo per ordine del re, ma fu invece coltivato con amore il giardino fiorito che lo circondava. Divenne un luogo sacro; tutti vollero innaffiare di lagrime quei fiori meravigliosi e andavano in quel luogo come ad un mesto pellegrinaggio.

Ausania ed Erasmo non mancavano di recarvisi spesso, e dopo aver vissuto per molti anni felici ed onorati, vollero esser sepolti in quel giardino in mezzo a quei fiori, dove i posteri fecero erigere un monumento perchè non andasse perduta la memoria della loro virtù e del loro coraggio.

47

LE DUE PRINCIPESSE

RACCONTO FANTASTICO

Per molto tempo il re e la regina della Valle degli Aranci erano vissuti tranquilli e contenti; nessuna nube era sorta a turbare la loro pace serena. Fu soltanto quando la regina mise al mondo due gemelle, belle come in quel regno non se n'erano mai vedute, che il re e la regina incominciarono a bisticciarsi per l'educazione delle due principesse.

Il re voleva renderle sapienti, perchè potessero un giorno governare il regno, e pensava di affidare la loro istruzione ai saggi più rinomati della Valle degli aranci.

La regina, desiderava che divenissero le più belle principesse del mondo, e a questo scopo pensava rivolgere ogni cura al loro corpo e trovava inutile ingombrarne la mente con troppi studii.

Dopo la nascita delle due bambine a corte non c'era più pace. Il re aveva sempre la faccia rabbuiata, la regina non mangiava più e diventava magra a vista d'occhio; spesso quando si trovavano a tavola,e una quantità di cibi squisiti mandava dei profumi deliziosi che stuzzicavano l'appetito, il discorso cadeva sulle due principesse e incominciavano come al solito a disputare. La regina diceva, che le avea messe al mondo, avea sofferto per loro e spettava a lei il compito di educarle; il re rispondeva ch'era lui il padrone, ed in tutto il regno tutti dovevano piegarsi alla sua volontà. La regina s'irritava, alzava la voce, il re dava dei pugni sulla tavola, la regina indispettita gettava via il tovagliuolo e andava a chiudersi nelle sue stanze; il re saliva a cavallo, usciva dal palazzo e per molti giorni nessuno ne avea notizie. Era una vita insopportabile; così non potevano tirare innanzi, tanto che un giorno pensarono di chiamare tutti i saggi del regno affinchè giudicassero a qual partito appigliarsi.

— Perchè non ci sono più fate come nei tempi passati! — esclamava il re: — metterei le principesse sotto la loro protezione e noi si vivrebbe in pace.

— Ora sono le mamme che devono pensare alle figliuole; — diceva la regina, — le fate non c'entrano.

— Le principesse devono imparare a regnare, perciò è il padre che deve educarle.

Ed erano sempre da capo col medesimo ritornello.

Intanto molti messi erano andati per ordine del re a radunare i saggi del regno.

Cerca a destra, cerca a sinistra, a stento riuscirono a raccoglierne undici e a condurli al palazzo reale.

Quando venne un messo ad annunziare che i saggi erano radunati nella gran sala dei consiglio, il re porse la mano alla regina ed entrarono con aria solenne nella gran sala dove i saggi stavano tutti concentrati in loro stessi e pensierosi per sciogliere la grande questione per la quale erano stati radunati.

Il re e la regina, prima di sedere sul trono, giurarono di sottomettersi a quello che gli undici saggi avrebbero decretato e stettero in silenzio ad attenderne il responso.

I saggi incominciarono a discutere con voce calma, ma poi la discussione si fece più animata e quasi nel calore della disputa dimenticarono il luogo dove si trovavano e d'essere alla presenza dei sovrani.

I cinque più vecchi davano ragione al re, egli era il padrone e dovea educare a suo piacere le principesse.

I cinque più giovani, forse per galanteria, tenevano invece per la regina, si trattava di bambine e la loro educazione spettava alla madre.

Soltanto il saggio Abimelecco era stato tutto quel tempo silenzioso in un angolo, accarezzandosi la barba fluente che gli copriva il petto.

Quando il re s'accorse che la seduta minacciava di farsi burrascosa s'alzò; e disse:

— Vedo che i giudizii dei miei saggi sono divisi; il solo che non si è ancora pronunziato è Abimelecco, conosciuto in tutto il regno col nome di arca di tutte le scienze. Egli solo sarà quello che risolverà la questione, la sua sarà la voce della giustizia.

Poi rivoltosi al saggio soggiunse:

— Parla, Abimelecco, te lo comando.

Abimelecco s'alzò dal seggiolone; ringraziò il re con un inchino e incominciò:

— Dopo aver molto studiato ho concluso che le bestie nella loro vita semplice e primitiva sono più contente degli uomini, che hanno l'orgoglio di chiamarsi animali ragionevoli. Le bestie si procurano da mangiare, e vivono tranquille senza arrovellarsi il cervello; l'uomo invece non fa che studiare il modo per complicare la sua esistenza già per sè stessa abbastanza difficile, si crea una quantità di bisogni, tiene in gran pregio la bellezza, le ricchezze e il sapere senza pensare alla vanità delle cose umane. Ora il nostro valoroso re e la nostra bella regina desiderano la felicità delle loro figlie; ma in che cosa consiste la felicità? dove si trova? Mistero. Nessun sapiente potrebbe con certezza affermarlo. Onde io penso che le principesse essendo due, giustizia vuole che una sia affidata al re, l'altra alla regina; e se avremo lunga vita, ci sarà dato vedere quale delle due sarà più lieta, più buona e più felice.

Alle saggie parole di Abimelecco tutti rimasero sorpresi di non aver pensato ad una soluzione tanto semplice e giusta, e approvarono il giudizio dell'arca di tutte le scienze.

Il re e la regina si sottomisero al decreto dei saggi, ognuno contento di poter esercitare la propria influenza almeno sopra una delle due principesse; anzi il re volendo mostrarsi cortese disse alla moglie di scegliere quella che desiderava le venisse affidata.

La regina diede la preferenza a Gliceria, una bella fanciulla che avea i capelli biondi come raggi di sole e gli occhi di un azzurro violetto come i fiori della pervinca, la fece venire a sè, l'abbracciò e la condusse nei suoi appartamenti dicendo alle sue damigelle:

— Vedete questa bambina? Essa sarà un giorno per opera mia la più bella principessa dell'universo, e voi dovete aiutarmi in quest'opera.

Al re rimase Melitta, l'altra bimba che avea i capelli neri come le ali del corvo e gli occhi intelligenti ma scuri come carboni sui quali fosse caduta una scintilla di fuoco, perchè spesso si accendevano e mandavano lampi.

— La farò saggia, — pensò il re conducendola nei suoi appartamenti, — così a lei toccherà in avvenire il governo del regno.

Egli fece venire da tutte le parti del mondo degli uomini sapienti affinchè versassero nella, sua mente giovanile tutta la loro scienza, e anch'egli nei momenti di riposo prese l'abitudine di conversare colla figliuola di affari importanti e di argomenti gravi, che s'aggiravano spesso sopra il governo del regno.

Melitta era molto intelligente, capiva le cose prima ancora che le venissero spiegate, si compiaceva molto nello studio, aveva tanta sete di sapere che appena fu più grandicella volle essere informata di tutte le nuove scoperte della scienza, volle leggere tutti i libri che si potevano trovare nel regno, e chiese al padre il permesso di poter abitare un'ala del palazzo circondata da un vasto giardino, lontana dai rumori della città per non essere disturbata nei suoi studii e nel suo raccoglimento.

Il re si compiaceva di secondare i desiderii della figlia prediletta, e gli appartamenti da lei preferiti si potevamo chiamare il regno della scienza.

Una lunga fila di stanze era occupata da immense biblioteche ricche di migliaia di volumi; da un lato c'era un laboratorio per gli esperimenti scientifici, poi una galleria di quadri, un museo di storia naturale, sale dedicate alla musica, e finalmente un'altissima torre con potenti telescopi per lo studio dell'astronomia. Appunto su quella torre la principessa Melitta passava gran parte della giornata e della notte per contemplare il mare e gli astri.

Nei suoi appartamenti riceveva spesso la visita delle persone più illustri, fra quelle che si distinguevano nelle scienze e nelle arti, e quando aveva bisogno di moto faceva sellare il suo cavallo e galoppava per i boschi più deserti collo sguardo acceso, coi capelli al vento, certa di non incontrare anima viva, in quelle immense solitudini.

Col padre andava ogni anno a fare un viaggio d'istruzione in paesi sconosciuti. Per non aver noie, viaggiavano incogniti, imparavano molte cose nuove e si divertivano immensamente.

Colla madre e colla sorella Melitta non si trovava quasi mai, eccetto nelle occasioni solenni, che la saggia fanciulla vedeva avvicinarsi ogni anno con orrore,come quelle che la distoglievano dagli studii prediletti, e la mettevano in contatto colla sorella, tanto diversamente educata, colla quale non poteva andare d'accordo.

Infatti gli appartamenti di Gliceria non rassomigliavano a quelli di Melitta.

La regina non apprezzava che la bellezza delle forme, e la parte del palazzo dove viveva con Gliceria si sarebbe potuta chiamare il regno della vanità.

Non si vedevano che specchi immensi su tutte le pareti, e sparsi per le stanze gemme, fiori e adornamenti femminili di tutte le specie.

Ogni giorno la regina assisteva al bagno di Gliceria; era un bagno profumato in una vasca di rubino che dava, alla carne una tinta rosea indimenticabile. Poi la regina osservava se la pelle della principessa fosse bianca e levigata come un marmo, quando vi scorgeva una piccola macchia di rossore apriva uno stipo d'oro dove teneva rinchiusi olii ed unguenti preziosi e ungeva la macchia finchè fosse scomparsa; poi, mentre le ancelle pettinavano la principessa, essa ne dirigeva l'acconciatura, studiando le fogge che la facevano comparire più bella.

Tutte le parti del corpo della giovane principessa erano oggetto di cure speciali, alcune ancelle avevano cura delle mani e dei piedi,altre versavano profumi delicati sulla bionda capellatura, la ginnastica e il massaggio, usati opportunamente, davano alle membra una flessuosa elasticità; e continuavano così delle ore finché la regina non dicesse d'essere contenta.

Allora la prendeva per mano, la conduceva davanti allo specchio dove si potesse mirare intera e le diceva:

— Trovami in tutto il regno una fanciulla più bella di te; sono io che ti ho fatta così e che così ti mantengo.

— Grazie, mamma, — rispondeva la principessa, — la bellezza è il migliore dei doni, essa può tutto.

E stava a contemplarsi con compiacenza infinita davanti allo specchio, innamorata di se stessa,oppure si riposava sdraiata sopra soffici divani, senza mai far nulla, perché non doveva sciupare con lavori inutili le belle mani, come non le era permesso di affaticare la testa collo studio, né i begli occhi sui libri.

Aveva invece maestri incaricati d'insegnarle la grazia nei movimenti, il ballo, il bel portamento, a volger gli occhi in modo espressivo e a sorridere in modo da innamorare le persone più insensibili.

Con tante cure dedicate alla persona, Gliceria diventava ogni giorno più bella, ed era peccato che la madre non le permettesse di passeggiare che nei boschetti ombrosi, oppure di sera per timore che il sole guastasse una carnagione tanto bianca e delicata.

La famiglia reale dovea mostrarsi al popolo in piena luce del sole una volta all'anno, e in quell'occasione tutti stavano in ammirazione della principessa Gliceria che passava in mezzo alla folla superba della sua bellezza come una dea, e la sua figura ridente e luminosa pareva un raggio di sole rischiarante la via dove passava il corteggio reale.

Anche Melitta doveva, sebbene malvolentieri, prender parte a quella festa; era troppo intelligente per non comprendere, che, per quanto bella, rimaneva eclissata dalla bellezza della sorella. Perciò prese l'abitudine di non mostrarsi in pubblico che avvolta in un velo bianco e lucente, il quale lasciava indovinare, ma non rivelava le bellissime forme. Teneva quel velo misterioso sul viso a guisa delle donne orientali; e i suoi occhi fiammeggianti, soli scoperti,mandavano lampi sulla folla che non sapeva se ammirare più la sfolgorante bellezza di Gliceria o arrestarsi curiosa innanzi alla misteriosa Melitta.

Gliceria era indispettita dalla curiosità, che eccitava la sorella e a tutti diceva che era tanto brutta da non aver coraggio dl mostrarsi a viso scoperto; ma nessuno le dava retta ed essa in cuor suo ne fremeva..

Però se nel mondo era corsa la fama della bellezza di Gliceria, era pur nota la sapienza di Melitta, e fin dai più lontani paesi arrivavano dei principi per ammirare l'una e per avere i saggi consigli dell'altra.

Anche il re, prima di accingersi ad un'impresa incerta, si consigliava colla figlia prediletta, ed a lei ricorrevano gli ammalati di corpo e di spirito, tanto che era amata e stimata più di Gliceria che viveva soltanto per sè stessa e per la propria bellezza.

Le principesse erano giunte all'età di diciott'anni, e i genitori pensavano che era tempo di maritarle; ma c'erano delle difficoltà. Gliceria non trovava nessun mortale degno della sua bellezza, e Melitta amava troppo la scienza e la libertà per decidersi a fare una scelta.

Molti principi erano già stati accolti alla corte della Valle degli Aranci, ma Melitta non si mostrava e Gliceria si divertiva nel vederli languire d'amore ai suoi piedi e li mandava poi nei loro regni disperati ed infelici.

Quando la regina le diceva che doveva pure decidersi a fare una scelta, rispondeva:

— C'è tempo! Ci penserò prima che spuntino i capelli bianchi e che si scopra la prima ruga.

Ed intanto passava le giornate sempre in ammirazione di sè e della propria bellezza.

In un regno lontano dalla Valle degli aranci c'era il regno Azzurro, uno dei più belli e ricchi del mondo, dove gli alberi erano carichi di frutti meravigliosi, e nascevano dei fiori così belli e grandi che profumavano l'aria per molte miglia intorno a loro.

Vi regnava un re possente e valoroso che aveva un unico figlio bello e intelligente, sul quale avea riposte tutte le speranze.

Il principe Azzurro, che così era chiamato, divenne tutto ad un tratto malinconico, tanto che non era più riconoscibile; egli non parlava, mangiava pochissimo, era indifferente a tutto, e quando gli chiedevano la ragione di quel cambiamento rispondeva che era stanco di vivere e che si annoiava.

Il re non si poteva dar pace nel veder triste il figlio che avrebbe dovuto esser lieto e contento. Credendolo ammalato, chiamò i migliori medici del regno, i quali gli diedero tante droghe che gli rovinarono lo stomaco e lo resero ancora più malinconico.

Allora si risolse di farlo viaggiare sperando che la distrazione potesse giovargli meglio della medicina. Aveva udito parlare delle principesse della Valle degli aranci e pensò di mandarlo in quel paese, colla speranza che la società delle belle principesse potesse giovargli.

Il principe non avrebbe avuto volontà di muoversi, ma per ubbidire al padre s'imbarcò con un seguito numeroso sopra un bastimento dalle vele azzurre, e s'avviò verso il regno della Valle degli aranci, mandando avanti un messaggero per annunciare il suo arrivo.

Appena nel regno degli Aranci si sparse la notizia, dell'arrivo del principe Azzurro, tutti si prepararono ad accoglierlo con grandi feste e come si conveniva ad un principe tanto potente, e il re e la regina raccomandarono alle principesse di mostrarsi graziose e gentili col loro ospite.

Gliceria stette intere settimane davanti allo specchio per vedere quali adornamenti facessero meglio risaltare la sua bellezza, ed era sicura di fare una grande impressione nell'animo del principe; in quanto a Melitta, ell'era troppo immersa nella scienza e non pensava a cose frivole e vane.

Mentre una schiera di alti personaggi furono mandati ad incontrare il principe ai confini del regno, il re, la regina, le principesse ed i loro seguiti stavano ad aspettarlo nella sala del trono.

Era una bellissima sala rischiarata da cento finestre.

Il re e la regina avevano i manti tutti sparsi di gemme preziose, che scintillavano mandando mille riflessi.

Il vestito di Gliceria era color dell'aria d'un tessuto leggero trasparente che adombrava il bel corpo con riflessi azzurri; i capelli d'oro le formavano come un aureola di raggi solari intorno alla fronte e per solo ornamento, avea una grossa perla sui capelli, e sul petto un gruppo di rose bianche le quali impallidivano accanto alla delicata carnagione di lei. Essa era superba nella sua semplicità e stava seduta accanto alla madre sorridendo modestamente, con una posa che parea, semplice e naturale, ma che avea studiata per parecchie ore davanti allo specchio.

Melitta stava invece accanto al padre, avvolta nei suoi veli misteriosi, immobile e silenziosa come una sfinge; soltanto i di lei occhi mandavano lampi che pareva dovessero incendiare gli oggetti sui quali si posavano.

Tutto ad un tratto un movimento serpeggiò fra la folla, si udì un fragor di trombe, un suono di campane; le porte del palazzo si apersero come per incanto ed il principe Azzurro entrò col suo seguito nella sala del trono.

Il re si mosse per incontrarlo, lo abbracciò e lo presentò alla regina e alle principesse. Il principe s'inchinò con atto ossequioso, ma rimase muto e impenetrabile come una tomba.

Era alto, ben fatto, avea la faccia pallida, illuminata da due occhi espressivi e intelligenti, e portava con fierezza la cupa armatura come un guerriero antico, ma le sue labbra non potevano sorridere.

Gliceria per scuoterlo fece cadere una delle rose che teneva sul petto, ma egli non si mosse e lasciò che uno del seguito si chinasse a raccoglierla.

Gliceria uscì dalla sala indispettita, e non prese parte nemmeno al pranzo di gala dicendo d'essere ammalata, ma in realtà perchè si sentiva avvilita che il principe non si fosse degnato nemmeno di rivolgerle un'occhiata.

Essa aveva un gran cane danese, col pelo liscio come il raso, lucente come l'argento che amava più d'ogni cosa al mondo, perchè la guardava sempre con occhi pieni d'ammirazione; quando non voleva essere disturbata, faceva sdraiare il suo fido cane attraverso l'uscio ed era ben certa che Lampo avrebbe strozzato chiunque avesse voluto penetrare nella sua camera.

Così fece quel giorno, si chiuse in camera e non volle vedere nessuno; se il re o la regina mandavano qualche messaggero, questi veniva accolto dal cane in modo che doveva tornarsene senza risposta, se aveva cara la vita.

Dopo le liete accoglienze del primo giorno il re disse al principe Azzurro che lo lasciava libero di fare ciò che più gli piacesse, metteva a sua disposizione tutto il suo regno, e da quel giorno lo calcolava come figlio.

Quando il principe si fu ritirato coi gentiluomini del seguito nelle sue stanze udì da tutti i suoi seguaci lodare la bellezza di Gliceria, che s'era mostrata solo per pochi istanti come una fugace apparizione.

Il principe come di solito non prese parte a quei discorsi, ma poi disse tutto ad un tratto:

— Mi piacerebbe vedere la principessa Melitta.

I suoi seguaci si guardarono in faccia sorpresi. Era la prima volta che dopo tre anni il principe apriva la bocca per esprimere un desiderio.

— Ci pare una curiosità che potrete facilmente appagare, — gli risposero.

— Non lo credo; in ogni modo voglio fare una visita alla principessa misteriosa.

Con questo pensiero andò a coricarsi e si addormentò tranquillamente, mentre i suoi compagni scrissero subito al re del regno Azzurro, che avevano buone speranze per la guarigione del principe. Melitta non era abituata a vedersi preferita alla sorella, sicchè rimase molto sorpresa quando seppe che il principe Azzurro le chiedeva il permesso di vederla.

Essa lo fece entrare nella sua stanza preferita. Era un gabinetto colle pareti coperte di preziosissimi arazzi, con un terrazzo dal quale si dominava tutta la Valle degli Aranci, e lontano in fondo si vedeva il mare azzurro sparso di vele bianche. Melitta, seduta sopra un seggiolone di velluto, volgeva le spalle alla luce, in modo che la sua persona, oltre che avvolta nei veli restava nell'ombra, e quando entrò il principe se lo fece sedere di fronte affinchè il volto di lui rimanesse tanto illuminato, che non le potesse sfuggire il più impercettibile movimento.

Il principe, che non era abituato a fare discorsi inutili, le disse subito:

— Vi assicuro che se venni a voi così presto, fu perché mi punge la curiosità di sapere per qual ragione voi nascondete il vostro volto sotto a fitti veli.

— Se si volesse sapere la ragione di tutte le cose si diverrebbe pazzi, — rispose Melitta. — Domandate al sole perchè riscalda, alla rosa perché è profumata, al mare perché è profondo; oppure, per parlare di cose meno astratte, perché una donna si copre il seno, un'altra i piedi e le mani, perché una si carica d'ornamenti ed un'altra si vela il volto. Forse è per capriccio o per moda, ma la vera ragione nessuno la sa.

— E non scoprite mai il vostro volto?

— Mai, quando qualche occhio umano mi può vedere.

— E non vi lascierete mai vedere da nessuno?

— Soltanto da quello che sarà il mio sposo, — disse Melitta.

— E a me non vi scoprireste?

— Perchè? a quale scopo?

— Per appagare la mia curiosità, — disse il principe.

— La vostra curiosità è malsana, dovete guarirvi.

— Sì, guarirò quando vi avrò veduta.

— Allora starete peggio.

— Perchè? —chiese il principe.

— Perché ora avete qualche cosa che v'interessa, e quando mi avrete veduta ritornerete indifferente come prima.

— No, sarei felice, — disse il principe con un sospiro.

— Povero illuso! — esclamò Melitta fissandolo negli occhi. — Vedete, io leggo nel vostro pensiero; voi siete triste perché avete un vuoto nel cuore e nel cervello, fatevi entrare l'ansia, il dolore, qualche cosa insomma, e guarirete; ora nel vostro è già penetrata la curiosità, e volete che io vi aiuti ad appagarla? che contribuisca, a peggiorare il vostro male? No, non sarà mai.

Il principe stava. immobile osservandola, nessuno gli aveva mai parlato in quel modo e nessuna voce gli era, come quella, penetrata nel più profondo dell'anima.

— Ma chi siete mai? — esclamò il giovane. — Una fata? un essere soprannaturale?

— Nulla di straordinario, ho vissuto sola ed ho studiato il cuore umano, copro il volto, ma rivelo il mio spirito; se il viso è coperto da un velo, parlo volentieri a chi desidera ascoltarmi.

— E potrò venire tutti i giorni a ricevere il balsamo che sapete versare nel cuore colle vostre parole?

— Venite pure, anzi ve ne prego, — rispose Melitta; — così potessi infondervi il desiderio di vivere.

— Grazie, — disse il principe inchinandosi, — domani ritornerò ed intanto penserò alle vostre sagge parole.

— Una parola ancora, — soggiunse Melitta, — non dimenticate di visitare mia madre e mia sorella, tenetevele amiche; temo per voi la loro collera se mi usate delle preferenze.

— Vi ubbidirò, — disse, e se n'andò dopo aver dato un'ultima occhiata alla misteriosa principessa.

Gliceria aveva saputo della visita del principe Azzurro alla sorella e ne era furiosa. Di tutti i principi che avevano spasimato d'amore per lei, il principe Azzurro era quello che l'aveva colpita più di tutti, ed egli non si era neppure degnato di guardarla.

Quando poi seppe che era stato da Melitta si sentì spuntare le lagrime agli occhi, che però ebbe fretta di asciugare, sapendo che il pianto offusca la bellezza.

Ma il suo sdegno era immenso, si sentiva soffocare dall'ira, girava su e giù per la stanza, giurando che si sarebbe vendicata di un simile affronto, quando venne una damigella ad annunciarle la visita del principe Azzurro.

Fu sul punto di non riceverlo, poi pensò di vendicarsi di lui e della sorella rendendolo innamorato della sua bellezza.

Si ricompose in fretta davanti allo specchio, s'accomodò i ricci dell'acconciatura e accolse il principe col più seducente sorriso.

Il principe ammirava la bellezza di Gliceria, ma si sentiva freddo al suo cospetto e non sapeva che cosa dirle. Tanto per non stare immobile accarezzava Lampo e rispondeva a monosillabi. Gliceria invece chiacchierava incessantemente, dicendo cose vuote e insignificanti, parlava del tempo, delle feste che si preparavano nel regno e procurava di rendersi amabile. Si aspettava sempre che il principe le facesse degli elogi o sulla sua bellezza o sulla sua grazia ed eleganza, gli chiedeva notizie delle fanciulle del regno Azzurro; ma egli cambiava discorso e pensava che Gliceria, con tutta la sua bellezza, era una bambola, e che Melitta era più attraente.

Più il principe si mostrava freddo, più Gliceria s'infiammava, e si sentiva per la prima volta innamorata, al punto che per sposare il principe avrebbe anche rinunciato alla sua bellezza.

Il principe non si lasciò commuovere dalle moine della bella principessa, e fedele a Melitta andava tutti i giorni a passar parecchie ore con lei. Spesso la supplicò di togliersi il fitto velo che la nascondeva ai suoi occhi, ma essa non si piegava a quelle incessanti preghiere.

— Sarebbe tutto finito, — diceva —quel giorno che il mio viso vi fosse noto dovreste partire per non rivedermi mai più.

— E se vi facessi mia sposa?

— Allora si partirebbe insieme.

Il principe parlava seriamente di chieder la mano della principessa, la quale nella sua sapienza gli consigliava d'aspettare, perchè sentiva avvicinarsi una bufera.

— Quale bufera? — chiese il principe.

— Gliceria vi ama.

— Lo so, me ne stano accorto, ma lei non c'entra in questa faccenda.

— Quel giorno che dichiarerete il vostro amore per me, ella si vendicherà.

— Il nostro amore sarai più forte del suo odio.

Dopo qualche giorno Melitta lo fece chiamare e gli disse:

— Fuggite se mi amate e se avete cara la vita.

— Perchè?

— Ecco un dono che vi era destinato, — e gli mostrò una focaccia.

Sì dicendo chiamò Lampo che per caso era entrato nei suoi appartamenti e gli diede la focaccia.

Appena Lampo l'ebbe mangiata cadde in terra in preda a convulsioni terribili e spirò.

Il principe rimase sorpreso.

Melitta disse:

— Per questa volta sono riuscita a salvarvi, ma dovete partire, e senza indugio.

— Come potrò vivere senza di voi? — chiese il principe.

— Non abbiate timore, ci rivedremo. Qui ci sono tre messaggeri che mi porteranno le vostre notizie, — e sì dicendo gli diede in una gabbia d'oro tre colombe bianche come la neve; — quando poi vorrete ascoltare le mie parole, aprite questo libro, qui è racchiusa tutta la mia anima.

E assieme alla gabbia gli porse un libriccino coi fermagli d'oro.

— Bella e misteriosa principessa, — disse il principe inginocchiandosi e baciandole le mani. — Io ero una statua, voi mi avete dato la vita, vegetavo ed ora vivo. Guai se mi abbandonate!

— Per lo spirito non vi sono distanze, — disse Melitta, — pensate a me e il mio pensiero verrà incontro al vostro.

— Partiamo insieme, — supplicava il principe.

— Non ora, vi raggiungerò, — disse la principessa, — addio, andate, la vostra nave dalle vele azzurre vi aspetta, non c'è tempo da perdere.

Il principe uscì, e Melitta quando udì richiudersi l'uscio dietro di lui cadde a terra priva di sensi.

Ma fu un attimo, si alzò subito dopo e dall'alto della torre seguì collo sguardo il bastimento che si preparava alla partenza. Lo vide staccarsi dalla riva e colle vele azzurre spiegate al vento scomparire sul mare infinito.

Non era ancora del tutto scomparso dal suo sguardo, quando entrò Gliceria.

— Lampo! Lampo! dov'è il mio cane? — disse.

— Eccolo, — rispose Melitta conducendola presso al cane morto.

— Infame, tu l'hai ucciso.

— No, fu il Pasticcio che mi hai mandato.

— Non era per te.

— Ma per l'uomo che amo, — disse Melitta, — e che sarà il mio sposo.

— Come lo impedirai?

— L'ucciderò.

Sì dicendo uscì dalla stanza di Melitta e andò dalla regina a chieder giustizia.

Il principe Azzurro avea ucciso il suo cane e doveva essere condannato a morte. La regina glielo promise, ma quando si cercò il principe Azzurro, si seppe che era andato lontano lontano, e nel regno della Valle degli aranci non v'erano navi tanto veloci per raggiungerlo.

Gliceria avea giurato di vendicarsi e dimenticava la sua vanità pur di riuscire.

Fra i giovani innamorati pazzamente della sua bellezza c'era un principe forte e valoroso, che per lei avrebbe sfidato qualunque pericolo; era il principe di Roccabruna, al quale promise d'esser sua sposa se riuscisse ad uccidere il principe Azzurro.

— Dovessi andare fino in capo al mondo, vi ubbidirò, — disse il principe di Roccabruna.

— Ebbene, — disse Gliceria, — partite questa notte sopra una nave che troverete pronta nel porto, ma vi raccomando il segreto; se Melitta scopre la nostra congiura, è capace di salvare il suo principe.

— Che cosa potrà fare una debole fanciulla?

— È forte perchè è sapiente, — disse Gliceria, — vi raccomando la massima prudenza; eccovi il mio ritratto, miratelo nei momenti difficili, egli vi darà coraggio. — E gli diede un medaglione colla sua effigie in miniatura, che egli mise sul cuore giurando la morte del principe Azzurro e partì.

Il principe Azzurro veleggiava sul mare immenso; pensando a Melitta si sentiva meno infelice d'esserle lontano perchè aveva l'impressione che lo spirito di lei gli aleggiasse intorno. Guardava il cielo in silenzio, ma aveva una speranza che gli rendeva cara la vita e non era più il principe indifferente e cupo di altri tempi.

Dopo aver navigato per tre mesi e tre giorni quando gli pareva d'esser vicino a terra s'accorse d'essere inseguito da una nave sconosciuta. Ordinò di dar forza alle vele e di andare colla massima velocità temendo qualche pericolo, ma la nave che lo inseguiva gli era sempre più vicina, e stava per raggiungerlo. Egli si vide perduto e scrisse un saluto a Melitta che attaccò all'ala d'una colomba poi aperse la gabbia e il candido uccello partì fendendo colle ali lo spazio.

Intanto egli arrivava all'isola della Mala Ventura sempre inseguito dall'altra nave molto più grande e piena di gente armata dalle facce sinistre.

Ormai non c'era più scampo; bisognava venire a patti con quei corsari che lo inseguivano e che infestavano quei paraggi.

Egli offerse al capo tutta la sua nave e le ricchezze che conteneva a patto d'aver coi compagni salva la vita.

Il capo acconsentì purchè il principe rimanesse coi seguaci nell'isola, non dicesse nulla a nessuno e non si ribellasse.

Il Principe, chiese che gli lasciassero la gabbia colle colombe e il libriccino di Melitta.

Il capo dei corsari gli fece anche questa grazia, ma lo spogliò della ricca armatura; furono spogliati anche i compagni e li lasciarono nudi e abbandonati mentre essi indossarono le ricche vesti, e s'imbarcarono sulla nave azzurra mandando l'altra carica di bottino ai loro paesi.

— Su questa nave e con queste vesti non saremo riconosciuti, — dissero, — e faremo ben altre imprese. — E se ne andarono lasciando il principe Azzurro coi compagni nell'isola della Mala Ventura.

Primo loro pensiero fu di procurarsi qualche frutto per mangiare, e mentre tutti pensavano di fabbricare una capanna colle foglie degli alberi, il principe scrisse una lunga lettera a Melitta raccontandole le sue avventure e chiedendole soccorso. Egli l'affidò ad un'altra colomba; poi si mise a leggere il libro della principessa, dove in ogni pagina trovava un nuovo conforto.

Così si accomodarono alla meglio, dormendo sulle foglie secche degli alberi e mangiando le frutta che maturavano sugli alberi. Guardavano continuamente il mare, sperando di veder spuntare una nave che potesse raccoglierli, ma passavano i giorni e i mesi e nessuna nave si vedeva spuntare all'orizzonte.

Il principe incominciava ad essere scoraggiato, i suoi compagni imprecavano al rio destino e sentivano che presto avrebbero perduta la pazienza e si sarebbero dati alla disperazione.

Il principe Azzurro leggeva loro qualche brano del libro di Melitta per confortarli, e quella lettura faceva loro sempre del bene.

Un giorno che tutti erano affranti e scoraggiati, aperse a caso il libro e vi trovò queste parole:

Non temete la sventura

Se a voi pensa un cuor fedele:

Nell'abisso più profondo

Scende pur di sole un raggio:

Chi ha speranza, chi ha coraggio

Nel periglio non morrà.

E ricominciarono a sperare che qualche anima buona pensasse a loro.

Dopo la partenza del principe la principessa Melitta guardava continuamente il mare dall'alto della sua torre.

Un giorno vide arrivare la colomba, la prese fra le braccia, trovò la lettera del principe e impallidì sentendo che i corsari stavano per raggiungerlo. Non si perdette però di coraggio e supplicò il re, che non sapeva negarle nulla, di far armare una nave da guerra per andar a combattere i corsari e salvare o vendicare il principe.

Ma in ogni modo sapendo che non bisognava mai prendere delle risoluzioni precipitose, ritornò al suo posto d'osservazione ad aspettare un nuovo messaggio.

Verso l'imbrunire vide volare a lei l'altra colomba colla lettera del principe che le narrava, le sue tristi avventure.

Era vivo e ciò bastava a Melitta; ma volendo anche salvarlo chiese al padre il permesso d'andarlo a prendere ella stessa nell'isola della Mala Ventura.

Il re glielo concesse a patto che aspettasse la stagione favorevole, perché quella in cui si trovavano era la stagione delle burrasche.

Mentre Melitta si preparava alla partenza, Gliceria aspettava notizie del principe di Roccabruna e pregustava il piacere della vendetta.

Essa era sempre bella e sorridente, e quando incontrava la sorella crollava la testa e le diceva, con un'occhiata: Se aspetti il tuo principe aspetterai per un bel pezzo.

Un giorno andò da Melitta trionfante portandole la veste insanguinata del principe Azzurro, che il principe di Roccabruna le avea mandata dicendole d'averlo ucciso in alto mare e che fra breve sarebbe venuto a sposarla come le aveva promesso.

Melitta alla vista dell'abito insanguinato non si commosse, aveva saputo col mezzo della colomba che il principe Azzurro era stato spogliato dai corsari ed era certa che tratto in inganno dalle vesti, il principe di Roccabruna aveva ucciso solo il capo dei corsari.

Non disse però nulla alla sorella, ma soltanto rispose: riderà bene chi riderà l'ultimo.

— Io intanto sposerò colui che m'ha vendicata uccidendo il tuo principe.

— Buona fortuna – rispose Melita. — Ma ti avverto che parto per non assistere alle tue nozze con un assassino.

Dopo pochi giorni essendosi alzato un vento favorevole, s'imbarcò senza far chiasso per andare in cerca del principe Azzurro.

Il mare era tranquillo, il cielo sereno e la nave correva lontano lontano come se avesse le ali.

Il principe Azzurro continuava a guardare il mare e quasi perdeva ogni speranza di salvezza, quando un giorno vide da lungi una vela. Si sentì battere forte il cuore perché ebbe il presentimento che fosse Melitta.

Poi pensando che in quei mesi era divenuto come un selvaggio, si vergognava di presentarsi in quell'arnese alla principessa e sperava che gli avesse mandato solo qualche messaggero.

Ma comprese la sapienza e la previdenza di Melitta quando vide staccarsi dalla nave ed arrivare all'isola una barca con dei messi che gli recavano vesti, cibi e profumi, dicendo che Melitta aspettava sulla, nave il suo principe.

Egli ringraziò i messi ed indossò l'armatura d'oro che gli avevano portata, la quale mandava lampi ai raggi del sole, e un elmo dal bianco cimiero tutto cosparso di gemme.

Quando si presentò a Melitta, essa ne rimase abbagliata; non aveva mai veduto un principe così bello.

— Mi siete sempre fedele? — chiese la principessa.

— Ora più che mai, — rispose il principe.

— E se fossi brutta? Voi non mi avete mai veduta.

— Che importa? sono innamorato della vostra anima. Voi avete fatto svanire la mia tristezza e mi siete più necessaria dell'aria che respiro.

— Ebbene, appena giunti nella Valle degli Aranci ci sposeremo, poi vi ricondurrò nel vostro regno, perchè vostro padre abbia la consolazione di vedervi guarito.

Intanto nella Valle degli Aranci si preparavano le feste per il matrimonio di Gliceria col principe di Roccabruna. Veramente Gliceria non lo trovava degno della sua grande bellezza, ma avea promesso e dovea mantenere la sua parola, lieta in cuor suo della sconfitta di Melitta, che supponeva fosse andata a cercare il principe.

— Se non va fuor di questo mondo non lo troverò, — diceva; poi domandava al suo fidanzato se l'avesse ucciso davvero.

— L'ho passato col ferro da parte a parte, — le disse,— e poi non c'era da ingannarsi: non c'è che lui che abbia una nave colle vele azzurre,e un vestito così scuro, così fatale.

— E del corpo che cosa ne hai fatto?

— L'ho gettato in mare.

Gliceria intanto era andata ad indossare la veste da sposa tutta ricamata di argento e stava ad ammirarsi davanti allo specchio, pensando che nessuna donna era stata mai così bella.

Il popolo aspettava il corteo nuziale, ma mentre da un lato Gliceria assieme allo sposo scendeva dal palazzo reale, dal porto saliva Melitta col principe Azzurro.

Il popolo non sapeva da che parte voltarsi. Quando Melitta fu dinanzi al padre, disse:

— Vedo che tutto è pronto pel nostro matrimonio, te ne ringrazio; ecco il principe mio sposo.

Il re, che era stato avvertito dalla terza colomba del loro arrivo, li abbracciò e volle che subito si celebrasse il loro matrimonio.

Gliceria, attonita, guardò in faccia il principe di Roccabruna e gli disse:

—È così che hai ucciso il mio nemico? Prendi, traditore!

E fece per ferirlo con un pugnale che teneva alla cintura, ma il principe fu in tempo di sgusciare in mezzo alla folla e fuggire verso il mare.

Gliceria era pallida dalla rabbia; ma quando Melitta si tolse il velo che l'avea celata agli occhi del pubblico e si mostrò bella come non era stata mai, perchè l'amore, il trionfo, la felicità le avevano dato al volto un nuovo splendore, Gliceria non potendo sopportare il dolore di veder la sorella anche sua rivale in bellezza, e ammirata da tutti, si sentì al cuore come una ferita, vacillò e cadde a terra morta.

Melitta, che avrebbe voluto vedere la sorella, umiliata, ma non morta, la pianse sinceramente e volle che le sue belle forme non fossero dimenticate; perciò le fece innalzare una statua che potesse mostrarla ai posteri in tutto lo splendore della sua bellezza, e la fece collocare nel punto più frequentato della città.

Essa visse molti anni felice col principe Azzurro, ebbe una bella figliuola alla quale diede nome Gliceria, perchè nemmeno il nome fosse dimenticato.

Tien-sin, una vecchia donna che abitava nel Celeste Impero, trovò innanzi alla sua capanna di bambù, appoggiata ad una gran foglia di musa, una bimba appena nata, piccina e bianca come la neve. Pensò che forse era Confucio che gliela mandava, affinché l'aiutasse nei lavori, e la consolasse nella vecchiaia. La raccolse, la portò nella capanna, la nutrì e, trovandola tanto bianca, la chiamò Fior di Gardenia.

La bimba cresceva carina e delicata come una pianta di serra, ma appena incominciò a conoscere il mondo trovò ingiusto di dover lavorare tutto il giorno, per vivere meschinamente, mentre tanta gente godeva la vita e si divertiva senza fatica. Quando vedeva passare le signore, portate in ricchi palanchini, vestite di seta, coperte di perle o di gioielli, si sentiva morire dalla rabbia, e diceva che quella vita gretta e meschina non voleva continuarla a costo di fare uno sproposito. Non nascondeva il suo malcontento, nemmeno alla vecchia Tien-sin, la quale le diceva che a questo mondo chi nasce grande e chi piccino, e il miglior modo per esser felici è di contentarsi della propria sorte.

Fior di Gardenia non ascoltava quelle saggie parole e non sapeva rassegnarsi; non conoscendo i propri genitori, credeva d'esser figlia d'un alto personaggio, oppure un essere soprannaturale, caduto sulla foglia di musa, su cui era stata trovata.

— Senti come cantano gli uccelli, — le diceva Tien-sin, — senti come l'aria è pura e profumata; guarda come sono belli i fiori variopinti che sbocciano nel giardino, le farfalle che volano nell'aria; che cosa possiamo desiderare di più? Perché dobbiamo invidiare l'Imperatore, se a noi pare è dato godere di tante belle cose?...

Ma Fior di Gardenia non le dava retta, avrebbe preferito che quei fiori fossero ricamati sulle vesti di seta dei suoi sogni; avrebbe voluto aver le ali di quegli uccelli per volare lontano lontano; le pareva d'essere un prigioniero condannato alla catena, e passava lunghe ore fissando collo sguardo il cielo infinito.

— Che aspetti? — le dicevano le amiche quando la vedevano assorta mirando il cielo.

— Aspetto la fortuna che deve venire!

— Ah, cara mia, la fortuna bisogna andarla a cercare! — rispondevano, ma Fior di Gardenia aspettava piena di speranza.

Una mattina vide davanti alla finestra della sua camera un albero tutto carico di pietre preziose; era una meraviglia. Sul verde cupo delle foglie spiccavano mucchi di diamanti, rubini e smeraldi che scintillavano ai raggi del sole, mandando riflessi abbaglianti.

Fior di Gardenia si mise a far salti di gioia e a gridare:

— È arrivata, è arrivata la fortuna; presto, che non scappi, — e andò in fretta a cercare un sacco per riporvi tutte quelle gemme.

— Che fai? — le chiese Tien-sin, — sei pazza? Perchè tutto questo scompiglio?

— Oh se tu vedessi che bellezza! — L'albero innanzi alla nostra casa è tutto pieno di pietre preziose; ce n'è per tutti; andiamo, prima che ce le rubino!

La vecchia la seguì spinta dalla curiosità, ma giunte all'albero rimasero deluse. Tutte le pietre preziose che Fior di Gardenia aveva veduto scintillare sull'albero, non erano che goccioline di rugiada, che ai primi raggi del sole avevano preso l'imagine di splendide gemme, e si andavano dileguando a poco a poco.

Fior di Gardenia si diede a piangere tutta confusa.

— Vedi, — disse la vecchia, — ecco l'imagine delle cose che brillano: si dileguano come un sogno! Accontentati della tua sorte, e non seguire vani fantasmi!

Fior di Gardenia rimase tanto mortificata, che per parecchi giorni non ristette dal piangere e sospirare. Finalmente decise di andar a cercare la fortuna, giacchè questa non veniva a lei.

Un giorno, di nascosto della vecchia, si mise in cammino per la città. Aveva i piedini piccini; non era abituata a camminare, e si sentì presto stanca, così da non poter tirare più innanzi; quando scorse in distanza molta gente e una gran confusione davanti ad un chiosco. Si avvicinò adagio adagio a quel gruppo di persone, nascondendosi tra i cespugli di piante, finchè potè vedere di che cosa si trattasse. Erano molti uomini che collocavano sopra carri vasi giganteschi di porcellana finissima,dipinti a smaglianti colori e rabeschi d'oro; una vera meraviglia. Udì, dal suo nascondiglio, che quei vasi dovevano figurare a Pekino ad un'esposizione.

Per un momento il carro dei vasi rimase abbandonato sulla via.

Fior gli Gardenia uscì per vederli da vicino e disse: — Quanto siete fortunati voi che andate a girare il mondo! Il vostro destino vi condurrà certo in mezzo agli splendori di qualche sontuoso palazzo.

Mentre parlava le venne un'idea, e pensò: — Perché non potrei seguire la loro sorte?

Detto fatto, s'arrampicò sul vaso più bello, vi si mise dentro comodamente perchè il vaso era grande, ed essa era piccina, piccina come una bambola, e stette là tranquilla, aspettando il suo destino.

Ad un tratto sentì una scossa, s'accorse che erano ritornati gli uomini, e trascinano il carro coi vasi. Per qualche tempo vide, sopra il vaso un pezzo di cielo azzurro; poi venne la notte e non vide più nulla. Era fresco e buio, ma non aveva timore perché era nata per le avventure, e peggio d'essere condannata a lavorare tutta la vita in una capanna di bambù, senza speranza di migliorare la sua sorte, non le poteva accadere.

Cammina, cammina, cammina, il carro non si fermava mai. Qualche volta Fior di Gardenia s'addormentava, poi una scossa del carro la risvegliava di soprassalto. Quel viaggio, in quella posizione, le pareva interminabile. Ad un certo punto s'alzò in punta di piedi, cacciò la testa fuori dal vaso, e ai primi raggi del sole nascente, vide in lontananza mille cupole di porcellana tutte risplendenti in quella luce crepuscolare. Doveva essere la città, e si consolò al pensiero che presto sarebbe arrivata al suo destino.

Cammina, cammina, cammina, il carro non si fermava, gli uomini che lo trascinavano erano stanchi e andavano più lentamente; Fior di Gardenia cominciava ad annoiarsi.

Finalmente il carro si fermò; i vasi furono scaricati con grande delicatezza; essa sentì gli uomini disputare per il prezzo della loro fatica, e potè fare anche un sonnellino.

Ad un tratto fu destata da rumori di passi, e da un incessante chiacchierio; erano i passanti che ammiravano i vasi, e parlavano delle notizie della città. Nascosta nell'immenso vaso cinese scoperse molti segreti. Udì lagnarsi dell'imperatore e che si ordiva una congiura per ucciderlo nel giorno della festa dei ventagli. Poi seppe che il principe ereditario era ammalato, perché volevano fargli sposare una fanciulla che gli era antipatica, la principessa Gnau-zi, principessa così crudele che aveva ucciso, un giorno, una delle sue ancelle per una lieve mancanza. Pochi di quelli che passavano erano contenti. Si lagnavano che i ricchi, invece d'aiutare i poveri, spendessero i loro denari in vasi che non servono a nulla; altri trovavano che il tempo era troppo lungo, altri ancora si lamentavano della salute e così via, nessuno era contento.

Fior di Gardenia, ascoltava, ascoltava, cominciando però ad essere stanca di starsene in quella prigione di porcellana. Nella notte uscì adagio adagio per i boschi e giardini e fece una provvista di frutta per non morire di fame. Poi tornò tranquillamente nel suo vaso.

Il giorno dopo fu quasi la stessa storia. Una quantità di persone si fermavano innanzi al vaso, ne chiedevano il prezzo, lo trovavano troppo caro, poi, o si contentavano di un altro più modesto, o andavano avanti.

Il terzo giorno udì un gran movimento, un suon di passi, delle voci, una gran confusione. Erano persone addette alla corte che venivano a fare acquisti. Appena videro il vaso dove si trovava Fior di Gardenia, il più bello di tutti, lo comperarono subito, lo fecero porre sopra un carro e trasportare al palazzo dell'imperatore.

Mentre il vaso era in cammino, il cuore di Fior di Gardenia batteva forte forte, perchè aveva udito che l'imperatore aveva comperato il vaso per regalarlo al proprio figliolo, nella speranza che ciò gli procurasse tanto piacere da farlo guarire della malattia che lo tormentava.

Finalmente il sogno di Fior di Gardenia era appagato, le sarebbe possibile veder da vicino gli splendori del palazzo imperiale e forse forse.... una volta entrata dentro a quelle porte, la sua sorte si muterebbe.

La strada non fu lunga; dalla differenza di luce, e non vedendo più il lembo di cielo comprese d'essere entrata nel palazzo imperiale. Sentì aprirsi e richiudersi molti usci, poi il vaso venir posato a terra e una voce lenta che diceva:

— Sua Maestà si compiace di mandarvi in dono questo splendido vaso, nella speranza che Vostra Altezza lo accolga con soddisfazione.

— Va bene, ringraziate mio padre e ponetelo in quell'angolo, — rispose una voce fioca fioca.

— Ma Vostra, Altezza non si degna di ammirarlo?

— Più tardi, — rispose il principe, — andate, andate!

Appena quei personaggi furono usciti, Fior di Gardenia ebbe la curiosità di vedere la stanza in cui si trovava, e si arrampicò all'orlo del vaso. Poteva farlo impunemente, perchè il principe stava sdraiato sopra morbidi cuscini cogli occhi chiusi, indifferente a quanto lo circondava.

Quella stanza. era splendida. Tutte le pareti erano ricamate a fiori ed uccelli che parevano vivi; tutt'intorno una fascia con arabeschi strani, personaggi fantastici, e sparsi per la stanza, tavolini intarsiati d'oro e di madreperla, cuscini ricamati, armi preziose, mensole sostenute da draghi d'oro, tappeti soffici come il velluto, panneggiamenti di seta, e vasi contenenti piante esotiche e rare.

Accanto al letto del principe c'erano tavolini carichi di cibi squisiti, e tazze finissime, dalle quali i vapori del thè mandavano per la stanza un soave profumo. A Fior di Gardenia, colla fame che aveva, veniva l'acquolina in bocca, a quella vista, e li divorava cogli occhi; ma tutto ad un tratto dovette nascondersi, perchè l'uscio si aperse ed entrò l'imperatrice.

S'avvicinò al figliuolo, l'accarezzò, e con voce dolce, gli disse:

— Come, non hai mangiato? Vuoi proprio morire di frame? Prendi qualche cosa, ti prego di farlo per amor mio.

Il principe non le rispose, e si voltò dall'altra parte. L'imperatrice si fermò ad ammirare il vaso.

— Non sei contento di questo bel regalo? — gli disse.

— Lasciami, sono stanco, — rispose il principe.

— Mi prometti almeno di mangiare?

— Sì, lo farò, lasciami ora.

Uscita l'imperatrice, il principe tentò d'assaggiare qualche cibo; mise la bocca sopra una tazza di thè, ma inutilmente; aveva un nodo alla gola e non poteva mandar giù nulla.

Fior di Gardenia ritornò al suo posto d'osservazione. Quando vide il principe addormentato, discese adagio adagio dal vaso, s'avvicinò ai tavolini carichi di vivande, ingoiò in fretta una tazza di the, e ritornò al suo nascondiglio portando seco una quantità di cibi squisiti, come non ne aveva mai mangiati in tutta la sua vita.

Quando ritornò, l'imperatrice rimase contentissima nel vedere che i cibi non c'erano più, e corse a portare la buona novella all'imperatore.

Il giorno dopo accadde la medesima cosa, e non potè trattenersi di dire al figliuolo:

— Bravo, ora sono contenta; vedo che mangi; così guarirai presto.

Il principe non ebbe forza di rispondere, ma fu sorpreso nel vedere che i suoi cibi scomparivano senza che egli ne sapesse nulla. Supponeva che ci fosse un topolino che se ne incaricasse; in ogni modo decise di stare attento, curioso di vedere dove andassero a finire.

Il giorno appresso finse di dormire e là immobile colle palpebre semichiuse vide scendere dal vaso, come una bella apparizione, Fior di Gardenia. La scorse avvicinarsi al tavolino e coi suoi dentini rosicchiare tutti i pasticcini destinati a lui. Sentì uno sguardo pietoso posarsi sulla sua persona, eppoi.... più nulla. La bella visione era scomparsa.

Preoccupato da quel mistero, non pensò più ai suoi dolori. Non disse nulla a nessuno, ma sentì per la prima volta un po'd'appetito, e ordinò che si raddoppiasse la dose delle vivande.

La sera, all'ora consueta Fior di Gardenia scese dal vaso e si avvicinò al tavolino; si teneva tanto sicura del fatto suo, che non osservava nemmeno più se il principe fosse addormentato. Ma quando si mosse per andarsene, si sentì afferrare per un braccio, e n'ebbe tanto sgomento che le uscì dalla bocca un grido che risuonò in quella stanza silenziosa come una nota stonata.

— Zitto, — disse il principe, — ti ho colta, ed ora devi spiegarmi in qual modo sei penetrata in questa stanza.

Fior di Gardenia, pallida come un cadavere, gli si gettò ai piedi, dicendo: — Perdonami, venni qui portata nel vaso; se osai rubare i tuoi cibi,lo feci per non morire di fame.

— Ti perdono, — disse il principe, — ma dimmi chi sei.

Fior di Gardenia per farsi credere più di quello che era, gli narrò una storia fantastica; gli disse ch'era figlia d'un genio, e che questi le aveva dato l'ispirazione di collocarsi in quell'immenso vaso per salvarlo; poi soggiunse:

— So che ti si vuol far sposare una fanciulla indegna di te, ma questo matrimonio non si farà.

— È vero? — disse il principe. —Tu mi dai la vita, e mi sembri davvero una messaggera del cielo!

Tosto il principe si senti rianimato dalle parole della fanciulla, provò un gran desiderio di rifocillarsi, e se la fece sedere accanto per mangiare assieme quei cibi squisiti.

Fior di Gardenia era contenta; colla fervida fantasia si vedeva già sposa del principe, e dopo esser stata a lungo silenziosa, chiacchierava incessantemente, mangiando e sorridendo al principe coi suoi occhietti vivaci. Egli voleva tener nascosta la sua avventura, perciò nell'ora in cui l'imperatrice veniva a fargli la solita visita, costrinse Fior di Gardenia a ritornare nel vaso.

Questa scena continuò per parecchi giorni; intanto il principe ricuperava a vista d'occhio la salute; l'imperatore n'era tutto contento, l'imperatrice gongolava dalla gioia, ed erano impazienti che uscisse dalla sua camera per mostrarsi alla luce del sole.

— È troppo presto, — diceva il principe, - mi sento ancora troppo debole.

Ma la vera ragione si era che gli piaceva la compagnia di Fior di Gardenia, e voleva pensare ad un mezzo per mandare a monte il suo matrimonio colla principessa Gnau-sin.

Un giorno Fior di Gardenia gli raccontò d'aver saputo come la principessa Gnau-sin era crudele, ed aveva ucciso un'ancella per una cosa da nulla. Il principe disse che bisognava farlo sapere all'imperatore. Pensarono a porre tosto in esecuzione tale progetto e a questo scopo scrissero una lettera segreta all'imperatore, in cui si narrava della crudeltà della principessa Gnau-sin, e d'una congiura contro la vita dell'imperatore, firmandola poi " il Genio del Vaso „.

L'imperatore sul principio non volle credere alle rivelazioni del Genio, ma incaricò dei messi fidati di scoprire la verità.

Questi messi, vestiti da popolani, si confusero tra la folla e riuscirono nel loro intento. Tutto ciò che aveva rivelato il Genio del Vaso era esatto: perciò l'imperatore fece destituire i ministri che non sapevano nulla di quanto accadeva nell'Impero; fece imprigionare la principessa Gnau-sin, ed ordinò al principe di scegliere, tra le più distinte fanciulle dell'Impero, una sposa degna di lui. Il principe disse che, purchè non si trattasse di Gnau-sin che gli metteva ribrezzo, egli si sottometteva ai voleri dell'imperatore; però desiderava che la sposa fosse d'animo gentile per poter fare la felicità dei suoi popoli.

— Ebbene, — disse l'imperatore, — terremo in osservazione alcune fanciulle belle e distinte, e quella che in un anno, un mese e un giorno, darà la maggior prova di sapienza e di bontà, sarà la preferita.

Il principe chiese come una grazia, che fosse ammessa a concorrere colle altre giovinette una fanciulla che gli aveva reso molti servigi e si chiamava Fior di Gardenia; grazia che gli venne facilmente accordata.

Era vissuto per tanti giorni nella medesima camera con Fior di Gardenia, che sentiva per lei dell'amicizia e della simpatia; ma c'era qualche cosa di misterioso nella nascita di lei, che non gli andava a genio.

Poi sapeva che un principe, prima di tutto, deve pensare al bene del popolo, e voleva che riguardo al suo matrimonio decidesse la sorte.

Annunciò a Fior di Gardenia che la sua prigionia era finita, le fece portare dei bellissimi vestiti, e assieme ad una numerosa schiera di ragazze la fece entrare in uno splendido chiosco fatto a pagoda, col tetto di porcellana, dai riflessi opalini, contornato da centinaia di campanellini d'oro che tintinnavano ad ogni soffio di vento.

Dalle finestre del palazzo imperiale si vedeva tutto ciò che accadeva nel chiosco, ove dovevano dimorare le fanciulle scelte dal principe. La loro esistenza era delle più liete; cibi eccellenti venivano serviti alla loro mensa; invitate a tutte le feste, passavano allegramente le giornate; incaricate soltanto delle opere di beneficenza dell'Impero, dovevano ricevere le suppliche, ed essere interpreti presso l'imperatore dei bisogni dei sudditi.

— Il cuore delle persone si conosce alla prova, — diceva l'imperatore al principe, — vedremo quale fanciulla compirà meglio la sua missione.

Fior di Gardenia sperava! Tutte le volte che il principe entrava nel chiosco a visitarla, sorrideva a lei dolcemente, pensando alle ore della convalescenza passate assieme. Un giorno gli chiese di regalarle il vaso che le aveva portato fortuna, ed egli appagò subito tale desiderio. Ciò le parve di buon augurio. Le sembrava d'esser sempre stata ricca. Si dava delle arie di principessa, come, se fosse cresciuta in mezzo all'oro; adoperava con disinvoltura gli abiti di seta ricamati a fiorami e ad arabeschi; trattava i poveri con disprezzo, dicendo che erano degni della loro sorte! Colle compagne parlava poco, temeva che le uscisse qualche parola atta a rivelare la sua modesta vita d'un tempo. Non lavorava mai; stava quasi sempre seduta o sdraiata sui tappeti, e non usciva che portata in un ricco palanchino.

Fra le sue compagne ce n'erano di molto belle, e alcune assai più semplici di lei, di nascita illustre, che non avevano bisogno di mostrarlo con esteriorità. Portavano tutte nomi di fiori, e al vederle in distanza, formavano un vero giardino, incantevole, animato da quei fiori viventi. Fra le altre c'era Fior di Violetta, la più semplice e la più servizievole di tutte; che si nascondeva in un angolo quando passava l'imperatore o il principe, tanto che non si accorgevano neppure che esistesse.

Il giorno destinato al ricevimento dei poveri, quelle fanciulle venivano osservate da tutta la corte, senza che se ne accorgessero.

Fu appunto in uno di quei giorni, che si presentò all'ingresso del giardino una povera donna pallida e smunta, la quale non potendo più reggersi in piedi cadde a terra svenuta.

Fior di Gardenia non si mosse; per una povera donna, mal vestita, pensava che non ne valesse la pena. Delle altre fanciulle, qualcuna rimase ferma ed esitante, qualche altra, si mosse tranquillamente, ma quella che corse prima di tutte, fu Fior di Violetta.

Da sola sollevò la povera donna, la trascinò presso ad un sedile, le fece prendere qualche goccia d'un liquore riconfortante, e si mostre così premurosa come si trattasse della propria madre.

Quando la povera donna si fu rimessa, disse ch'era venuta in quel luogo per cercarvi una fanciulla. che aveva raccolto bambina, e che amava come una figlia.

— Venite avanti, buona donna, — disse Fior di Violetta. Se è fra noi la potrete facilmente riconoscere.

— Oh gioia, eccola! — disse la donna accennando a Fior di Gardenia..

Ma la fanciulla non si mosse, fingendo di non conoscerla e mostrandosi molto seccata di tale incidente.

— Come, non mi conosci? — le disse la povera donna, — Non ti ricordi ch'io ti ho raccolta sopra una foglia di musa? E ti ho tenuta sempre con me? Se tu sapessi che angustie ho provato quando sei partita! Ti ho cercato da per tutto, ho sofferto tanto! Ma vedo che hai fatto fortuna, che stai bene, ed ora sono contenta!

Quando l'imperatore ed il principe videro, dal loro posto d'osservazione, la donna cadere a terra, scesero tosto in giardino per sapere di che cosa si trattasse, ed assistettero da vicino a tutta la scena.

Fior di Gardenia si sentiva morir dalla rabbia, e diceva:

— Quella donna vaneggia, è ingannata da una strana rassomiglianza, io non la conosco!

— Sei molto ingrata, — le disse la vecchia, — ma ti perdono. Vedo che sei contenta e mi basta; io me n'andrò tanto lontano, che tu non sentirai più parlare di me!

— Adagio, — disse l'imperatore, — le cose non devono finire a questo modo. Sono deciso ormai sulla fanciulla che destino a mio figlio. Avevo già delle preferenze, e quest'oggi ho fissata la mia scelta. Fior di Violetta, che prima di tutte è corsa a soccorrere la povera donna, sarà principessa!

Fior di Gardenia, pallida per la rabbia, non poté trattenersi dal dire:

— So bene che è corsa in fretta, essa non ha i piedi piccini come noi, non è di nobile stirpe.

L'imperatore ordinò che fossero esaminati i piedi di tutte le fanciulle, e si trovò che i più piccini erano appunto quelli di Fior di Violetta.

L'imperatore si rivolse alla vecchia e le disse:

— Siete proprio sicura che Fior di Gardenia sia la fanciulla che cercate? Non potrebbe avere qualche rassomiglianza colla vostra figliuola?

— La mia figliuola, — rispose la vecchia, — deve avere un neo sulla spalla sinistra.

Per ordine dell'imperatore furono scoperte le spalle di Fior di Gardenia. Il neo si trovava precisamente sulla spalla sinistra; non c'era più dubbio sull'identità della fanciulla.

L'imperatore disse che la principessa, essendo stata già scelta, le altre fanciulle erano libere di tornarsene alle loro case, e la vecchia poteva riprender seco Fior di Gardenia. Ma questa aveva le lagrime agli occhi, tanto che il principe ne fu commosso ed ordinò che in memoria dei servigi che gli aveva reso, le venisse regalato un sacco di monete d'oro.

Fior di Violetta era tutta confusa per la fortuna toccatale, e chinava la sua bella testina, mentre in un ricco palanchino veniva trasportata al palazzo imperiale, dove le si preparavano splendide feste.

Fior di Gardenia ritornò colla vecchia all'antica dimora, che, grazie alla generosità del principe, potè rendere più bella e più comoda. Ma dopo gli splendori della corte, e i suoi sogni sfumati, non aveva più pace; passava molte ore del giorno appoggiata al vaso che aveva portato con sé, e le rammentava i giorni più belli. Quando vedeva l'albero carico di goccie di rugiada, che parevano gemme ai raggi del sole, diceva:

— Tutto è sogno nella vita, le cose più belle e scintillanti finiscono in fumo, come le ricchezze ed i regni.